The Spirit of B.C.

von

Stem Paulson

Herstellung und Verlag:
BoD – Books on Demand, Norderstedt
ISBN 978-3-7412-5258-7

Kap.		Seite
	Inhaltsverzeichnis	3
1.	Der Spirit	5
2.	Stilles Örtchen	7
3.	Ein Traum	11
4.	Afrika in Sicht	13
5.	Gier frisst Hirn	15
6.	Magische Kräfte	19
7.	Ratz fatz	23
8.	Real	25
9.	Es grünt so grün	27
10.	Hola	29
11.	Perspektivwechsel	31
12.	Die Nummer	35
13.	Kindergeburtstag	39
14.	Blackout	41
15.	Narben	45
16.	Sandburgen	47
17.	Essentiell	53
18.	Gegensätze	55
19.	Schirmallergien	59
20.	Schattenmann	63
21.	Schwere Geburt	65
22.	Fortbildung	67
23.	Agility	69
24.	Könner	73
25.	Meisterschaft	77
26.	Gesucht, gefunden	83
27.	Maitre cuisinier	87
28.	Verzweiflung pur	91
29.	BSE und mehr	95
30.	Dank	99

Kapitel 1: Der Spirit

Auf den Titel ‚**The Spirit of B.C.**' hat mich, also Stem Paulson, eine Lady aus London gebracht. ‚Healer' stand auf ihrer Visitenkarte. Ich durfte sie vor einiger Zeit im tiefen Süden von Spanien kennen lernen. Wir haben nur kurz miteinander gesprochen. Es war ein bemerkenswerter Tag, an dem sie mich zu diesem Titel inspirierte. So viel zunächst zum Ursprung der Geschichte.

Ein neugieriger Mensch möchte natürlich mehr darüber erfahren. Das verstehe ich. Okay. Ich mache dich gerne mit unserer Community vertraut. Die B.C.-Community besteht einerseits aus ganz normalen Menschen, wie du und ich, andererseits aber auch aus ganz anderen, aus meiner Sicht ganz besonderen. Keine Sorge, unser ‚Spirit' hat mit Scientology oder ähnlichen Glaubensgemeinschaften nichts am Hut. Eines steht auf jeden Fall für mich fest: Unser ‚Spirit' ist lebendig. Er ist kein Fossil längst vergangener Zeiten. Obwohl er bestimmt schon eine Menge miterlebt hat. Der Franke würde sagen: „Do geht immer woas. Wia im Daubenschloag'. Und zwar unabhängig von Geschlecht, Alter und Migrationshintergrund.

Kommen wir nun zu dem ersten Buchstaben, dem ‚B'. Das ist Anfangsbuchstaben von ‚Birdie'. Dieses Wort kommt aus dem Englischen und heißt so viel wie ‚Vögelchen'. Der oben zitierte Franke scheint auf den ersten Blick ganz richtig zu liegen, denn seine ‚Dauben', können fliegen. Andererseits ist ‚Birdie' aber auch ein Begriff aus dem ABC des Golfsports und bedeutet, dass man "eins unter Par" abschließt, wobei Par die Vorgabe für die entsprechende Golfbahn darstellt. Für den Nicht-Golfer sollte das reichen. Und für den Golf-Fan ist das ohnehin bekannt. Darüberhinaus ist laut Dr. Google ‚Birdie' der Name einer jüngeren Bar in München. So weit so gut.

Das ‚C.' steht für Club einschließlich des dazugehörigen, burgähnlichen Gebäudekomplexes mit Türmen und unzähligen Schornsteinen. Und so ein richtiger Club hat natürlich einen gewählten Vorstand, der bei uns ‚Präsident' heißt. Komplizierter ist es mit dem ‚Spirit', da dieser nicht leicht fassbar ist. Ist eigentlich normal, denn jede Geisteshaltung bzw. jeder Geist, selbst der in der Flasche, ist nicht wirklich zu fassen. Er kann uns dagegen sehr wohl packen. Und dann wird es schwer, sich ihm zu entziehen oder gar gänzlich zu entkommen.

Die Geschichten zum „Spirit of B.C." sind in der Ich-Form geschrieben, aus meinem Blickwinkel. Warum? Weil das Spüren, Empfinden, Wahrnehmen eines Spirits etwas ganz Persönliches ist. Falls beim Lesen meiner Geschichten Parallelen zum eigenen Leben aufkommen sollten, könnte dies ein Zeichen unseres ‚Spirits' sein. Aber wie bereits gesagt, es könnte sein.

An den zwischen 2009 und 2016 geschriebenen Geschichten gebührt jeweils einer ganz besonderen Person die Miturheberschaft. Aus Gründen des Datenschutzes müssen Namen natürlich anonym bleiben. Und nun viel Vergnügen beim Lesen.

Ich danke euch.

Kapitel 2: Stilles Örtchen

Als bekennender Bewegungsenthusiast renne ich mal wieder einmal durch den knöcheltiefen Sand der Costa Playa, begleitet von dem gleichförmigen Rauschen der Wellen. Nach einem kurzen Blick auf die Uhr steigere ich das Tempo. Es gibt auch heute nur eine Richtung: Nach vorne. Vereinzelt spüre ich Blicke von badenden Frühaufstehern, teils gelangweilt, teils mit völligen Unverständnis. „So ein Irrer" vernehme ich von hinten, doch ändert dies nichts an meinem Verhalten. Irgendwann bremse ich doch ab und checke meine Polaruhr.

Strammen Schrittes geht es weiter. Ich ziehe mein triefendes Hemd über den Kopf, ohne dabei Sonnenbrille und Baseballmütze abzunehmen, verknote es an meinem Gürtel und laufe dann wieder los. Erst gemächlichen Schrittes, dann mit deutlich gesteigertem Tempo. Ich nähere mich dem Nikki-Beach, wo um diese Uhrzeit noch nicht allzu viel los ist. Außer ein paar Sonnenanbeterinnen, zwei muskelbepackten Sonnyboys und einigen Sunbed-Rückern herrscht gähnende Leere in der Arena. Ich nehme davon jedoch so gut wie keine Notiz, erreiche bald das Ende der sandigen Rennbahn, erklimme einige Stufen und verschwinde um die Ecke. Mein Gefühl sagt mir, es läuft. Worauf es hinaus läuft, wird der Tag zeigen.

Zurück im Hotel geht es direkt unter die Dusche. Danach suche ich meine morgendlichen Lieblingsplatz auf und bilde mich weiter, die WELT am SONNTAG in den Händen haltend. Warum ich am Immobilienteil Ausland hänge bleibe? Keine Ahnung. Einfach nur so. Mein Auge klebt plötzlich an einer kleinen, unauffälligen Anzeige: „Notverkauf. ... Weitere Infos unter Telefonnummer ...". „Hä? Notverkauf?" durchzuckt es mich. „Soll ich diese Nummer in Deutschland anrufen und fragen, ob man sich das in den nächsten Tagen mal ansehen kann?"

Eine gefühlte Ewigkeit später bewege ich mich gemächlichen Schrittes aus Richtung Toilette, frage mich im Türrahmen stehend: „Warum eigentlich nicht? Andererseits, willst du dich wirklich an einen festen Ort binden?" „Gemach, gemach", beruhige ich mich, „ist doch nur eine fixe Idee." „Das ist mir schon klar", grummele ich vor mich hin und mache mich auf die Suche nach meinem Handy.

Ich gehe zurück auf die Toilette, greife mir den Immobilienteil und lese gedankenverloren immer wieder diese kleine Anzeige. Plötzlich höre ich wie von einem anderen Stern kommend: „Guten Tag, Paulson hier, mit wem spreche ich bitte?" ... „Fläche? ... Ach so, entschuldigen Sie bitte, die Leitung ... Ja, ja ... Also, ich habe ihre Anzeige in der Welt gelesen. ... Das wäre schön. ... Wo soll ich mich melden? ... Wie war der Name noch mal? ... Ingles? ... Ohne ‚G wie Gustav'? ... Ist in Ordnung. Also diese Frau hat die Schlüssel zu dem Appartement? ... Haben Sie zufällig die Telefonnummer parat? ... Bitte etwas langsamer, ich schreibe mit: 0034 95... . ... Gut. Und wann kann ich dort anrufen? ... Jederzeit? ... Das ist ja prima. Danke für die Auskunft. Und entschuldigen Sie bitte die Störung so früh am Morgen. ...Ja, ja, Ihnen auch. Sie hören von mir." „Sag mal", ermahnt mich mein Gewissen, „was war denn das für eine Aktion? Warum musst du immer solche Dinge aus dem Bauch heraus machen?" Eine Antwort fällt mir schwer. Oder doch? Ich erinnere mich an ein Gedicht, vor einigen Jahren geschrieben hatte.

„Was ein schöner Tag. Wer hätte das gestern gedacht?" Ich blicke gen Himmel, weile nirgendwo mit meinen Gedanken, bis diese wieder zu dieser Anzeige springen. In diesem Moment habe ich wirklich nicht die geringste Vermutung, was sich daraus entwickeln sollte. Auf jeden Fall hatte mich irgendetwas gepackt. Was, konnte ich nicht wissen. Aber ich ortete ein verdammt gutes Gefühl.

Mein ganz besonderer Dank gebührt der Dame mit der Anzeige in der WELT.

Kapitel 3: Der Traum

„Einst als Student ich nach Andalusien wollte,
Sand, Sonne, Kultur, doch der Käfer schmollte.
Ich sprach ihm gut zu, zwei Liter Öl als Bonus,
Zu Franco war's weit, das Auto da hin muss.

Der Koffer klein, das Budget äußerst eng,
alles lief bestens, bis es macht peng.
Ein Schlauch geplatzt, das Auto demoliert,
die Insassen bleich, und die Finanzen ruiniert.

Die Polizei war schnell, die Guardia Civil,
mit dem Knüppel in der Hand, sie redete nicht viel.
Meine Erklärung, sie nicht wirklich interessierte,
dafür den Lappen, die Pässe und uns einkassierte.

Drei Tage war Zeit zum Überlegen,
dann kam die Rettung, was für ein Segen.
Ein Telex der Botschaft, wir wurden entlassen,
das reichte voll aus, ewig Diktaturen zu hassen.

Die Stimmung war übel, die Pesos rar,
wir schlichen dahin Richtung Gibraltar.
La Heradura, das war dann die Wendung,
ein kleines Fischerdorf, wie in Vollendung.

Am Strand eine Kneipe, wurd unser Quartier,
ich jobte tagsüber, für Brot und für Bier.

Ein Hütte mit Strohdach, raus die Matratzen,
was für ein Leben, unterm Sternenhimmel ratzen.

Der Besitzer, ein Schwede, mit brauner Perle,
ein cleverer Typ, engagierte mich gerne.
Brutto gleich netto, und das auf die Hand,
könnt manch einem rauben den Rest an Verstand.

Wasserski und Tennis, ich lehrte den Gästen,
konnte dabei auch die Frauenwelt testen.
Ob Engländer, Deutsche oder Franzosen,
Nahte die Abreise, ging's ganz ohne Rosen.

Yo te quiero, corazon y dolores,
statt ewigem Uni-Stress mit Professores
Das Leben ganz leicht, ohne Eile und Sorgen,
Es gibt nur das Heute, und morgen ist morgen.

Oberhalb des Strandes, ein Haus mit Turm,
warum bin ich nur ein mitteloser Wurm.
Mit Blick übers Meer, Afrika in Sicht,
die Ewigkeit nah, die Sonne, sie sticht.

Der Tag der Entscheidung, er musste kommen,
ich sitze im Auto, ziemlich benommen.
Das Hirn hat gesiegt, doch groß war der Schmerz,
ich gestehe es heute, mir blutete das Herz."

Danke Spirit für die Kraft, einer großen Versuchung zu wiederstehen.

Kapitel 4: Afrika in Sicht

Es kommt wie es kommen muss. Der Prototyp einer ‚ama de casa' erwartet mich oberhalb der Einfahrt zur Tiefgarage. Die Stunde der Wahrheit naht: Andalusisches Spanisch trifft auf alemannisches Englisch. Doch wenn Menschen sich verstehen wollen, gibt es keine Sprachbarrieren. So ist es zumindest hier und heute. Der Aufzug bringt uns aus der riesigen Parkgarage mit XXL-großen Parkboxen in den obersten Stock. Die Tür wird geöffnet und ... mir stockt der Atem. Mein Hals fühlt sich trocken an, gleissende Sonnenstrahlen blenden mich im ersten Moment. Was ein Ausblick beziehungsweise Einblick?

Wenn der Terminus ‚Reizüberflutung' seine Berechtigung hat, dann bestimmt in diesem Augenblick Ich sehe so viel und doch so wenig. „What's that, a la isquierda?", will ich wissen. „Gibraltar". „And that, mas isquierda?" „Ceuta, spanischer Besitz auf Afrika". „Que? Y este?" So oder zumindest ähnlich geht es weiter. Um ehrlich zu sein: Geblieben sind nur Eindrücke, Bilder und Gefühle, die mich tief berühren. Volltreffer.

Nach einer gefühlten Ewigkeit auf der Terrasse nehmen wir statt Aufzug das weiß getünchte Treppenhaus nach unten. Ich verabschiede mich von der netten und überaus auskunftsbereiten Seniora. Was ein Erlebnis! Doch schnell läuft die Verblendung Gefahr, von irdischen Zweifeln an dem soeben Gesehenen beziehungsweise Erlebten verdrängt zu werden:

„"Wo war noch mal die Gästetoilette, das Gästezimmer? Wie war die Küche ausgestattet? Wie sieht es mit der Heizung aus? Wie hoch sind die monatlichen Nebenkosten? Wie viele Quadratmeter Netto-Wohnfläche?" Bei jeder weiteren Frage spüre ich wie mein Adrenalinspiegel ansteigt. Als ob das bei diesem Panoramabild wichtig wäre. Für mich ist das Liebe auf den ersten Blick. Der Kenner kann mich verstehen. Allen anderen gestehe ich großes Entwicklungspotenzial zu.

Je länger ich meine Seele mit konkreten Fragen martere, desto uninteressanter werden die harten Fakten für mich. „Und, wie hoch war noch mal der Kaufpreis? Ist der verhandelbar?" Zum Glück steht dieser unter Verhandlungsbasis in der kleinen Anzeige in der WELT.

Ich sitze kaum in meinem 1,2-Liter Mietwagen als die entscheidende Frage kommt? „Und nun?" Meine Antwort kommt direkt aus dem Bauch: „Ja. Die will ich haben." Kurze Zeit später meldet sich noch einmal der Verstand: „Wenn der Preis stimmt. Nur dann."

Die nette, ältere andalusische Senora vom Nachmittag konnte von all dem nichts wissen. Vielleicht hatte sie etwas geahnt. Ich konnte ihr vielsagendes Lächeln bei der Verabschiedung nicht deuten: „Hasta luego, senior."

Danke Seniora. Sie haben mir die richtige Tür geöffnet.

Kapitel 5: Gier frisst Hirn

Lieber jugendlicher Freund, du brütest über deinem PC und versuchst Licht in mein Dunkel zu bringen. Deine Aufgabe ist nicht einfach: In einem ins Wanken geratenen Immobilienmarkt wird von dir aus zweieinhalbtausend Kilometer Entfernung erwartet, eine Immobilie zu bewerten, die eigentlich nicht bewertet werden kann.

Was habe ich in meinem bisherigen Leben gelernt? Eine Firma, eine Marke, ein Haus, eine Wohnung, ein Auto oder was auch immer ist genau das wert, was ein Käufer bereit ist, dafür zu bezahlen. Nicht mehr, aber auch nicht weniger. Ich habe lange gebraucht, um dieses eherne Gesetz wirklich zu verstehen. Es geht nicht darum, einen Durchschnittspreis aus hunderten oder tausenden von Immobiliengeschäften zu ermitteln, sondern den einen Interessenten zu finden, der bereit ist, meinen Preis zu berappen. Also die berühmte Nadel im Heuhaufen. Dabei ist völlig unerheblich, was der Verkäufer ursprünglich bezahlt, wie viel er danach investiert hat. Das kann man natürlich alles genau kalkulieren, doch besagt das nur wenig über den wirklichen Wert einer Immobilie. Vor allem dann, wenn man keinen Kaufwilligen findet. Seit dieser Erkenntnis ist mir spätestens klar, warum ich Volkswirtschaftslehre und nicht Betriebswirtschaft als Studienfach gewählt hatte: Ich liebe den Blick auf das große Ganze, nicht auf die Details.

Zum Glück hat man meinem Freund während seiner bankwirtschaftlichen Ausbildung die Anwendung des gesunden Menschenverstandes unterschlagen und ihn stattdessen mit Verkaufsargumenten für komplexe Bankprodukte, strukturierten Beratungsgesprächen und multiplen Datenbankabfragen ausgestattet. Er macht also genau das, was er gelernt hat und selektiert umfangreiche Datenbanken nach verschiedenen Parametern: Quadratmeterfläche, Penthaus ganz oben, sehr gepflegtes Objekt, weniger als hundert Einheiten, Strandnähe, zu Marbella gehörig, direkt neben einem Golfplatz. Dank Google Earth hatte er schnell das Objekt identifiziert und einer ersten Bewertung unterzogen.

Ich fühle mich geplättet beim Lesen seiner SMS: „1b-Lage, gute Vermietbarkeit, Quadratmeterpreis X€, Tendenz fallend. Viel Glück." Als ich dies lese, ist mir sofort klar, warum die Immobilien- und Bankenkrise nicht systemrelevant sein kann, sondern einzig und allein auf der altbekannten Tatsache basiert, die sich in den drei Worten ‚Gier frisst Hirn' und einem Albert Einstein zugesprochenen Zitat ausdrücken lässt: ‚Zwei Dinge scheinen unendlich zu sein, das Universum und die Dummheit der Menschen. Letzteres steht außer Frage'.

Gierköpfe hat es, unabhängig von der Epoche, der Nationalität und Konfession, immer schon zu geben. Die meisten von ihnen versuchen sich zu tarnen, sind aber dennoch relativ leicht zu erkennen: Ertragsmaximierer bei den Banken, Erlösmaximierer bei den Hedgefonds, Provisionsmaximierer bei den Vermittlern und Verkäufern von

Lebensversicherungen, zinsgünstigen Darlehen, Bausparverträgen, Bewertungskünstler für Immobilien, Shopping Malls, Schiffe und Flugobjekte, bis hin zu Ratingagenturen, denen außer der Wahrnehmung von Eigeninteressen absolut nichts heilig ist. In diesem Punkt habe ich wenig Nachsicht? Warum? Weil ich selbst vor einigen Jahren eine mehrmonatige Zusatzausbildung zum sogenannten Rating Advisor gemacht habe und mich seit daher als zertifiziert bezeichnen darf. Ausgeübt habe ich diese Profession nie. Man muss ja nicht überall dabei sein.

Trotz allen Ungereimtheiten, mein Freund, du hast sehr gut gearbeitet. Ich bin mir sicher, du wirst deinen Weg gehen. Ich freue mich, weiterhin dein Begleiter sein zu dürfen und zu sehen, wie sich dein ‚Spirit' entwickeln wird.

Ich danke dir.

Kapitel 6: Magische Kräfte

Es ist nicht zu ändern. Magische Kräfte ziehen mich hier immer wieder zum Strand. Ich binde meine Laufschuhe, schlüpfe in die Hose mit extra langem Schlitz und mache mich auf den Weg zum Hinterausgang, der zum Meer führt. „Ein Traum, und so nah zu dem Appartement". Ich bin Feuer und Flamme, renne los, fühle mich wie neu geboren. Vergessen sind die leidigen Rückenprobleme, die trüben Gedanken, all die anderen Daseinsverdrießer. Wenn man Freiheit und Leichtigkeit fühlen kann, dann in diesem Moment.

Ich atme tief durch, blicke hoch zur Sonne und sinke auf die Knie. Der Sand rieselt durch meine Finger, warm, weich, aber auch vergänglich. Ich erhebe mich und starte meine Laufuhr. Leicht trabend geht es auf einer autobahnähnlichen Sandpiste Richtung Osten. Die Welt um mich herum verschwindet. Ich sehe immer wieder Bilder vor meinem inneren Auge von der Besichtigung vor zwei Tagen. Ein unbeschreibliches Gefühl von Glück überkommt mich, vergleichbar mit den Wellen des Meeres, die mit einer unglaublichen Leichtigkeit hin und her plätschern. Mal intensiver, mal wieder lauer. Doch sie sind existent.

„Ich werde diese kleine Wohnung kaufen" versichere ich mir und balle dabei die rechte Hand zur Faust. „Koste sie, was es wolle. Irgendwie bekomme ich das hingebogen."

Ohne es zu registrieren laufe ich bereits am Anschlag meines Leistungsvermögens. Mein Blick vernebelt sich leicht und bald darauf lechzen die Beine nach Erholung.

Ausgepumpt bleibe ich stehen, noch immer atemlos, die Hände in die Hüfte gestützt.

„Wo bin ich hier?" Ich habe jegliches Gefühl für Raum und Zeit verloren und erinnere mich in diesem Moment an einen kürzlich gelesenen Artikel über Fallschirmspringen. Genauso muss es sein, wenn man aus viertausend Meter im Sturzflug sich der Erde nähert, bis der Schirm den Traum beziehungsweise den Fall beendet. Es gibt nur einen Unterschied: Ich empfinde keine Fall nach unten, sondern ein Schweben in unendlichen Höhen und Gefilden. Bis dahin kannte ich die Wirkung von körpereigenen Endorphinen nur aus der Literatur, da ich bisher meine Grenzen beim Laufen nie ganz ausgelotet hatte. Der Respekt vor meinem Rücken zähmte bisher die Gier nach höher, weiter und schneller.

Ich gehe in die Hocke und blicke mich um. Sicher bin ich mir aus dieser Perspektive nur in einem: Hier war ich in diesem Leben noch nie. Unsicher auf den Beinen und steif im Rücken biege ich linker Hand auf einem kleinen Pfad in die Dünen ab, versuche in Richtung Zivilisation zu gehen. Ein kleines Wäldchen taucht vor mir auf. Die Sonne steht hoch am Zenit. Ich suche den Schutz der Natur und folge dem Trampelpfad. Nach einigen Minuten glaube ich das Geräusch von Autos zu hören. „Ist das die Carretera?" will ich wissen und beschleunige meinen Schritt. In der Tat: Es ist die mir bestens bekannte A7, eine autobahnähnlich ausgebaute Landstraße, die ehemalige ‚340'. Ich laufe die Leitplanken entlang bis ein Hinweisschild ‚Campobino' auftaucht. „Was?", durchfährt es mich, „das sind ja noch einige Kilometer zurück zum Hotel." Automatisch erhöht sich meine Schrittfrequenz bis endlich das ‚Don Carlos' naht. Kurz darauf bremsen schmerzende Oberschenkel den Rhythmus der Beine, was mich jedoch nicht davon abbringt, die restliche Strecke am Strand und nicht auf Asphalt entlang der Autobahn zu laufen.

Völlig erschöpft schleppe ich mich den letzten Kilometer bis zum Hotel.

Ich danke dem Schöpfer des allseits bekannten Flows. Ein Wahnsinnsgefühl ihn zu erleben.

Kapitel 7: Ratz fatz

Wer behauptet, dass in Spanien alles langsamer gehen würde als in Deutschland, hat noch nie die Abwicklung eines Immobiliengeschäftes durch einen spanischen Notar erlebt. Einfach atemberaubend. Nachdem eine Notariatsangestellte die Personalausweise von Käufer und Verkäufer eingesammelt hat, die sich hoffentlich vorab die ‚escritura de compraventa' im stillen Kämmerchen von einem Vertrauten ihrer Wahl übersetzen und erklären ließen, erscheint urplötzlich der Notar. Ohne die Beteiligten zu grüßen setzt er sich auf seinen Thron. Nachdem er sich kurz versichert hat wer Käufer bzw. Verkäufer ist und ob über die Höhe des Preises Einigkeit besteht, verschwindet er kurzerhand aus dem Besprechungsraum. Um es kurz zu machen: Es wird nichts erläutert und nichts vorgelesen. Ohne Notar erfolgt dann die Übergabe des LZB-bestätigten Schecks über dem Tisch. Was darunter abläuft entzieht sich meiner Kenntnis. Später wird mir die Abwesenheit des Notars klar: Falls irgendwelche unlauteren Geschäfte getätigt werden, kann er, der Herr Notar, auf jeden Fall für nichts in die Verantwortung genommen werden. Warum: Weil er nicht anwesend war. Und was die Vertragsparteien machen, ist deren Sache.

Nach wenigen Minuten erscheint der Notar dann wieder auf der Bildfläche und lässt sich den Verrechnungsscheck aushändigen einschließlich der Verkaufssteuer, die sofort zu begleichen ist. Alles wird kurz protokolliert, gestempelt und kopiert. Nach weniger als zehn Minuten sind alle happy: Der Notar, der sich über seinen fetten Stundenlohn freut, der Verkäufer, der einen dicken Verrechnungsscheck in der Hand hält und drittens der Käufer, der sich soeben seinen Traum in Andalusien verwirklicht hat.

Übrigens, genauso grußlos wie der Notar erschien, ist er auch wieder verschwunden, völlig unbemerkt von Käufer und Verkäufer, die sich gegenseitig zu ihrem Schnäppchen gratulieren. In Deutschland wäre die Beurkundung ein längerer Akt gewesen mit ellenlangem Vorlesen und Aufklären über den Inhalt der Urkunde. Es geht auch anders. Aber: Andere Länder, andere Sitten.

Was in den folgenden Wochen und Monaten mit dem spanischen Grundbuchamt bzw. den Steuerbehörden passierte beziehungsweise nicht passierte, habe ich mittlerweile verdrängt. Basta. Altkanzler Helmut Kohl soll einmal gesagt haben, dass entscheidend sei, was hinten heraus käme. Und mein Ergebnis kann sich sehr wohl sehen lassen: Ich bin nun Eigentümer einer Wohnung im B.C..

Es hätte auch ganz anders kommen können. C'est la vie. Inwieweit der ‚Spirit' eine Rolle spielte, weiß ich nicht. Ganz im Gegensatz zu meiner Steuerfee, die während des gesamten Kaufprozesses nicht nur ihre schützende Hand über mich hielt, sondern mir auch noch verständlich machen konnte, wie in Spanien Immobiliengeschäfte getätigt werden. Das Gute im Menschen muss auch hier in Andalusien nicht auf der Strecke bleiben. Es hängt allerdings in hohem Maße von den beteiligten Personen ab. Es gibt solche und solche gibt. Aber auch andere. Zum Glück.

Liebe Steuerfee, ich danke dir.

Kapitel 8: Real

Torre Real. Ein Blick in das Wörterbuch klärt den der spanischen Sprache nicht Mächtigen auf: ‚Königlicher Turm'. Aber es ist nicht nur ein Turm. Es sind viele. Es ist eine burgähnliche Anlage, die zumindest aus meiner Sicht das Adjektiv ‚königlich' verdient. Selbst dem bautechnisch Versierten erschließt sich der wahre Umfang erst nach mehrmaligem Betrachten aus verschiedenen Perspektiven. Niemand vermutet, dass alle Wohneinheiten sich voneinander unterscheiden. Aber nicht nur das: Es gibt keinen der unendlich vielen Schornsteine, der identisch mit einem anderen ist. Zwar sind alle weiß, doch einer weicht gewaltig ab: Schwarz, rußgeschwärzt. Das berühmte schwarze Schaf in der Herde?

Trotz aller Bemühungen unserer rührigen Community ist es bisher nicht gelungen, den Eigentümer, einen Brexit-Bürger, dazu zu bewegen, seinen Kamin mit geeignetem Holz zu füttern. Die gelegentlichen Rußschwaden stellen zwar umweltspezifisch betrachtet keine allzu große Katastrophe dar, doch leidet das Outdoor-Erlebnis am Pool, auf den gegenüberliegenden Terrassen, sowie die Außenerscheinung darunter. Das können auch die zu hundert Prozent identischen Markisen oder die herrlichen Terrassenbepflanzungen nicht kompensieren. „Que triste". Mehr fällt meinen spanischen Nachbarn dazu auch nicht ein. Ob ich dieses Thema auf die Tagesordnung unseres nächsten Annual Community Meetings bringen möchte, habe ich noch nicht endgültig entschieden.

Spanien ist für mich immer wieder eine besondere Herausforderung. Unsere Urbanization heißt ‚Rio Real', die Abfahrt von der Carretera signalisiert jedoch ‚Torre Real'. Was ist nun richtig? Im Gegensatz zum Engländer oder Franzosen kann der Aleman damit weniger gut leben. Warum? Weil das keinen Sinn macht.

Leider konnte ich bisher nicht in Erfahrung bringen, wann unsere Urbanisation ihren Namen ‚Königlicher Turm' oder ‚Königlicher Fluss' erhielt und insbesondere, wer der Namensgeber war. Auf jeden Fall hat er uns einen ganz speziellen Geist hinterlassen, der hier das Regime führt. Der Urvater aller Volkswirtschaftler, Mister Adam Smith, würde vermutlich dazu sagen, dass eine unsichtbare Hand dieses komplexe System mit multikulturellen Eigentümern regiert. Und zwar in meinen Augen sehr viel besser, als es EU-Bürokraten mit regulierten Märkten jemals zu leisten vermögen. Ich denke hierbei auch an die gewaltig aus den Ufern geratenen Finanzmärkte, die ähnlich schwierig zu bändigen sind, wie Krebszellen im fortgeschrittenen Stadium.

Diese unsichtbare Hand hat gelegentlich auch einen Namen, doch soll dieser geheim bleiben. Freuen wir uns einfach darüber, dass es unserem ‚Spirit' gelungen ist, trotz mancher Höhen und Tiefen seit 1982 unseren Zufluchtsort so gut zu erhalten. Und es hat den Anschein, dass das auch in Zukunft so bleiben wird. Zumindest so lange, wie unser jetziger Präsident sich um die Belange unserer Multikulti-Gemeinschaft kümmert.

Senior ‚el presidente', ich danke dir.

Kapitel 9: Es grünt so grün

Direkt neben unserem Areal liegt ein wunderschöner achtzehn-Loch-Golfplatz. Rein golftechnisch betrachtet kann ich das als Nicht-Golfer zwar nicht beurteilen, doch erfreue ich mich immer wieder beim Blick aus meinem Badezimmer an dem satten Grün, das mich an fast dreihundertfünfundsechzig Tagen im Jahr anlächelt. Wahrscheinlich hat die Nähe zum Golf auch den Namen unserer Turmburg beeinflusst: Birdie Club.

Die korrekte Schreibweise ist sehr wichtig, da sonst ein Eindruck entstehen könnte, der absolut unwürdig unserer Community wäre. Damit ich nicht missverstanden werde: Ich bin ein Tierfreund und Vögeln gegenüber sehr aufgeschlossen. Doch bezieht sich unser Birdie eindeutig mehr auf das Regelwerk des Golfsports. Dem Kenner muss ich an dieser Stelle nicht noch einmal erklären, was ein Birdie ist, und den Nicht-Golfer interessiert dies sowieso nicht beziehungsweise höchstens peripher.

Man wird es spätestens jetzt bemerkt haben: Ich bin kein Golfer, sondern ein ehemaliger Tennisspieler, mit Medenspiele-Erfahrung, einer der Action, das Spiel Auge in Auge, liebt, der natürlich gerne gewinnt, aber auch verlieren kann, zumindest wenn er sich körperlich dabei verausgaben konnte. Inwieweit das beim Golfsport möglich ist, vermag ich als Außenstehender nicht einzuschätzen. Allerdings registriere ich hier auf den Golfplätzen vermehrt Elektro-Cabrios zur Fortbewegung. Warum dies meinerseits zu Assoziationen Richtung Mega-Rollatoren und weniger zu Leistungssport führt, konnte ich noch nicht abschließend klären. Das aber nur ganz nebenbei. Am besten ganz aus dem Gedächtnisprotokoll streichen.

Irgendwie schwingt für mich in ‚Birdie Club' eine Leichtigkeit mit, die in unserem beschleunigten Leben immer mehr zur Seltenheit wird. Was meinst du? Ist beim Lesen schon etwas zu dir rüber gekommen? Wenn ja, wirst du mich verstehen. Wenn nein, keine Sorge, es wird nicht mehr allzu lange dauern.

Immer wenn ich mich der Tiefgarage nähere, die großen, goldenen Buchstaben ‚Birdie Club' lese, und sich hinter mir das Tor zur Tiefgarage schließt, kehrt ein Gefühl ein, das die Bedeutung von Stress, Hektik, Emails, Termine, Meetings und alle anderen Errungenschaften dieser Epoche vergessen lässt. Das ist natürlich ein sehr subjektives Gefühl, doch gibt es hierfür auch handfeste Beweise. Wann immer ich hier unten eine fremde Person antreffe und grüße, erfahre ich einen direkten Return: Mal auf Spanisch, mal auf Englisch, Dänisch, Französisch, Schwäbisch, Deutsch, oder manchmal auch Spanglisch. Wenn ich da an manches Erlebnis im Flieger, der Bahn oder in unserer Fußgängerzone zuhause denke ... einfach nur schön.

Dafür danke ich meinen Mitbewohnern.

Kapitel 10: Hola

Seit Tagen mache ich mir schon Gedanken über den Besitzer des kompakten Kleinwagens auf dem Stellplatz neben dem meinigen. Dieses Fahrzeug scheint nie bewegt zu werden. Zumindest nicht in der Zeit, in der ich anwesend bin. Der direkte Zugang zu den Wohnungen von der Parkgarage aus birgt eben auch so seine Geheimnisse.

Heute ist irgend etwas anders. Ich stutze: „Wer hantiert da an dem Fünftürer herum?" Bedächtig nähere ich mich und grüße: „Hola." Ein Mann blickt auf, erhebt sich und lächelt: „Hola senior, que tal?", was auf deutsch so viel wie ‚Hallo mein Herr, wie geht es?' bedeutet. Nach wenigen Worten meinerseits stellt sich dieser nette Mensch mir mit seinem ganzen Namen vor und erklärt mir in akzentreichem Spanisch, dass man sich hier im Club mit dem Vornamen anspricht. Nun weiß ich, dass er und seine Gattin aus dem Norden Spaniens stammen und die wissen, dass ich aus ‚cerca de Francoforte' komme. Einige Zeit später sollte ich dann noch erfahren, dass unsere Appartements im gleichen Turm und Stockwerk liegen. Was eine Fügung.

Wir verabschieden uns mit „encantado". Während der kurzen Fahrt im Aufzug beschäftigt mich eine einzige Frage: „Was hätten wir für eine einzigartige Gesellschaft in Europa, wenn dieses aufeinander Zugehen, diese Art von Kommunikation all unseren Mitbürgern, also denen mit und ohne Migrationshintergrund, eigen wäre?"

Nicht dass man mich falsch versteht. Ich gehöre nicht zu den notorischen Weltverbesserern, die wissen wollen, was für die Anderen gut ist. Doch zähle ich mich zu denjenigen, die sich über eine solche, unerwartete Begegnung wirklich freuen können. Und das trotz aller Probleme von Jugendarbeitslosigkeit, Banken- und Schuldenkrise im tiefsten Teil von Spanien.

Dieser Mensch hat mit seinem Selbstverständnis und seiner Offenheit viel mehr bewirkt als ich jemals erwarten konnte. Auf eine gute Nachbarschaft.

Ich danke dir Herr Garagennachbar.

Kapitel 11: Perspektivwechsel

Ab und zu bummle ich ganz gerne Samstags auf dem Markt im schlagzeilenträchtigen Puerto Banus. So auch heute. Ein einheimischer Standbesitzer überrascht mich total nachdem er erfahren hat, dass ich ernsthaft an drei seiner handgeschmiedeten Wandlampen für die Terrasse interessiert bin. Ich gehöre nicht zu den Menschen, die um alles Mögliche feilschen. Umso erstaunter bin ich, dass er einfach von sich aus mir einen Rabatt von mehr als zwanzig Prozent einräumt. Das ist aber noch nicht alles.
Plötzlich will er wissen, ob ich aus Alemania komme. Ich bejahe. Dann passiert etwas Seltenes: Ein mir bis dato unbekannter Mensch klopft mit anerkennend auf die Schulter und sagt, dass ich stolz sein könne auf mein Land, das der Motor für ganz Europa sei. Es wäre ein Glück für viele hier, dass das so wäre. Ich bin ziemlich verwirrt, bedanke mich für diese Aussage.

Eine tiefe Nachdenklichkeit überkommt mich: Höre und lese ich nicht täglich in den Medien, dass im Grunde genommen nichts bei uns stimme und überhaupt die Politiker, dieses Multi-Kulti-Kabinett mit Migrationshintergrund, diese Bürokraten in Brüssel, Straßburg und Berlin, ... Ich denke, wenn Spanier mit dieser Einstellung bei der nächsten Bundestagswahl bei uns mitmischen dürften, wäre das bestimmt nicht zum Nachteil unserer ‚alternativlosen' Kanzlerin. Also der Blazer-Frau, die angeblich keine Visionen hat, keine Entscheidungen treffen kann, ‚faule' EU-Länder finanziell pampert und nach jüngster Einschätzung unseres täglichen BILDungsmediums jetzt auch noch milliardenschwere Wahlgeschenke in Aussicht stellt, die nachher eh nicht ausgepackt werden. Der GeBILDete weiß das schon vorher!

Wer das bezweifelt befrage doch hierzu mal einige unserer europäischen Mitbürger beziehungsweise Leidensgenossen über deren politische Elite. Holland(e) lässt grüßen. Über Italien, Portugal und Griechenland lege ich den Mantel des Schweigens. Das ist meine spezielle Form des Respekts und Toleranz.

Deutschland als Vorbild – ist das eine Ansage? Es geht mir hier nicht um eine nationale Gesinnung, nein, es ist die Geisteshaltung dieses Mannes, der Tag für Tag von einem Markt zum nächsten reist und bestimmt keine Vierzigstundenwoche mit sechs Wochen Garantieurlaub hat. Da ich von dieser Sorte Menschen hier einige schon kennen lernen durfte, wünsche ich mir, dass zumindest Spanien seine hausgemachten Probleme bald in den Griff bekommt. Und da Deutschland zudem immer mehr qualifizierte spanische Einwanderer in unserem schrumpfenden Land begrüßen dürften, könnte sich das doch positiv auf die Arbeitsmoral in ‚Good Old Germany' auswirken. So betrachtet kann man sich doch auch mal über ein Europa ohne Grenzbäume freuen.

Womit ich wieder bei unserem „königlichen Turm" angelangt bin, der in früheren Zeiten sicher aus militärstrategischen Gesichtspunkten angelegt wurde. Anders ausgedrückt, um die eigenen Grenzen vor Feinden abzusichern. Wozu sonst? Bestimmt nicht als Aussichtsturm für die

Naherholung, oder als Highseat für die rettenden Engel vom DLRG oder als Kletterturm für Freeclimber. Zudem gab es diese meines Wissens nach zu dieser Zeit noch nicht, beziehungsweise sie wurden von den Stadtschreibern und anderen Vertretern der schreibenden Zunft nicht als erwähnenswert betrachtet.

Ich habe den Eindruck, dass viele Andalusier uns Alemanos, entgegen den meinungsmachenden Horrorberichten und Filmspots, nicht als Eroberer und sich nicht als Beuteopfer sehen. Okay, auf Mallorca wird es vielleicht anders sein, denn was dort in der Hamburger, Stuttgarter, Düsseldorfer oder Münchner Ecke abgeht, trägt bestimmt nicht zum Renommee unseres Landes bei.

Daher, und jetzt wirklich ganz im Ernst, sollten wir uns nicht an der eigenen Nase fassen und zukünftig nicht mehr vom siebzehnten Bundesland „Malle" sprechen? Aufwachen! Wir sind dort entweder Gäste oder Einwanderer mit Migrationshintergrund. Also, benehmen wir uns doch einfach so, wie wir es von unseren türkischen, slowenischen oder rumänischen Mitbürgern immer fordern. Wäre das nicht ein praktikabler Ansatz zur Förderung des europäischen Gedankens? Ich denke vorleben ist effektiver als vorreden.

Übrigens: Unser ‚torre' hat 2011 vom spanischen Ministerium für Tourismus ein Facelifting bekommen und erstrahlt nun über der Carretera. Majestätisch erhebt er sich über der Brücke zum gleichnamigen Playa, ein wehrhafter Turm in einer gelegentlich stürmischen Brandung. Und das in wirtschaftlich wirklich nicht einfachen Zeiten. Genauso sehe ich meinen andalusischen Händler auf dem Markt, der trotz aller Widrigkeiten wirklich stark ist und anderen seine Anerkennung zukommen lassen kann. Guter Mann, danke für die Lektion über unternehmerisches Denken und nachhaltiges Handeln. Das ist für mich ‚real'.

Ich danke der **Real**ität.

Kapitel 12: Die Nummer

Wer in Spanien eine Wohnung, ein Auto oder sonst etwas Wichtiges kaufen möchte, benötigt eine Steuernummer. Das ist an sich nichts besonderes, und für Alemanos etwas ganz Normales: Sparbuchnummer, Ausweisnummer, Sozialversicherungsnummer, Steuernummer, getrennt für Mensch und Hund, und viele weitere Nummern. Für Menschen, die ab und zu in Spanien verweilen, also die Nicht-Residenten, kommt nun eben noch eine neue dazu. Warum auch nicht: Die N.I.E.-Nummer.

Verwöhnt von unseren meist unbeteiligt dreinschauenden Bürokraten in Alemania, häufig versteckt hinter antiquarischen Bildschirmen, stellte ich mir vor, eben mal kurz bei der Finanzverwaltung vorbei zu schauen und mir, bewaffnet mit Personalausweis, Führerschein und Kreditkarte, den für mich bisher wichtigsten Nummern, diese besagte neue Nummer abzuholen. Meine spanische Steuerfee hat mir dringend empfohlen, bereits sehr früh bei der Behörde vorzusprechen, doch erschien mir Acht a la manana mehr als angemessen zu sein. Oder hast man in Alemania schon mal vor Acht einen Termin beim Finanzamt bekommen? Also bei uns in der Landeshauptstadt wirklich nicht denkbar.

Pünktlich um acht Uhr in der Früh kann ich meinen Augen nicht mehr trauen: Links vom Eingang des Behördengebäudes eine Menschenschlange nach britischem Vorbild von mindestens zweihundert Personen, die sich unterhalten, sich sonnen, Zeitung lesen, den mitgebrachten Kaffee schlürfen und so weiter. Rechts vom Gebäude erscheint mir die Schlange etwas kürzer zu sein. Kurzum, ich stelle mich rechts ganz hinten an, so wie ich das vor vielen Jahren in der Schule beim Turnunterricht gelernt habe. Zu meinem Erstaunen bin ich nicht lange der Letzte in der Reihe, was meine Hoffnung nährt, an diesem Tag doch noch zu meiner begehrten Nummer zu kommen. Diese Nummer hat es wirklich in sich. Ohne N.I.E. geht in der autonomen Provinz Andalusien für Nicht-Residenten absolut nichts. Nicht einmal der Erwerb eines Kühlschranks.

Da es hier im September sehr warm werden kann, genieße ich für die nächsten Stunden gezwungenermaßen das Leben des kleinen Mannes und brüte vor mich hin. Ich hasse untätiges Herumstehen, mit dem Ergebnis, dass aus Stunden gefühlte Tage werden. Zeit ist wirklich nichts Absolutes. Mal sind fünf Minuten, zum Beispiel du wartest bis sich eine Toilettentür endlich öffnet, unendlich lang, mal sind fünf Stunden, wenn du in deiner Stammkneipe bist, wahnsinnig kurz, insbesondere wenn zuhause keine Frau auf dich wartet.

Wie dem auch sei. Während der Warterei auf diese Nummer entwickelt sich bei mir ein neues Bild unserer alemannischen Verwaltung: Hocheffizient, kundenfreundlich und überhaupt. Man kann es kaum für möglich halten, wie schnell minütlich steigende Temperaturen, dezibelgewaltiger Multikultisprech mit Surround-Effekt sowie permanentes Hupen wartender Nachkommen von Senior Alonso einen radikalen Wandel der Perspektive bewirken können. Endlich, nach mehr als zwei Stunden scheine ich es geschafft zu haben. Eine mit sehr strengem Blick ausgestattete Dame im Kostüm der Guardia Civil überfällt mich nach kurzem Blick auf mein Begleitpapier mit einem in perfektem Andalusisch geführten Monolog, gestenreich und mit ausgeprägter Mimik. Irgendwann registriert sie meinen Schockzustand, schüttelt mehrmals ihren kurzbeharrten Kopf und weist plötzlich mit ausgestrecktem Arm in die entgegengesetzte Richtung. Ich verstehe nur Bahnhof und versuche noch einmal ihr mein in großen Buchstaben verfasstes Begleitscheiben zu zeigen. Ohne Erfolg.

Erst ein hinter mir wartender Mensch zeigt Erbarmen und bringt Bewegung in die Sache: Er klärt mich mit zwei einfachen Worten auf: ‚WRONG ROW'. „Ich stehe die ganze Zeit in der falschen Reihe? Ich hatte doch extra gefragt. Alles Schwitzen soll für die Katz gewesen sein?" Die ganze Fragerei ändert nichts an der Tatsache, dass ich in dieser Reihe keine Aussicht auf eine N.I.E.-Nummer habe. Für einen kurzen Moment denke ich an eine sehr pragmatische Lösung meines Problems, doch scheitert die Umsetzung an der energischen Körpersprache der Beamtin. Ihr knapp zwei Meter entfernter Kollege hat zudem mein Ansinnen antizipiert und mir schnell seine Vorderfront in voller Breite zugewandt. Was bleibt einem als Gast in einem fremden Land übrig? Man wurde ja einmal gut erzogen.

Also wieder anstellen, ganz hinten und diesmal linke Reihe. Meine verbalisierten als auch die unterdrückten Unmutsäußerungen gehen zum Glück im allgemeinen Stimmen- und Sprachengewirr in der Masse unter. Heute weiß ich warum das Sinn macht: Weil jeder in so einer Situation voll und ganz mit seiner eigenen Überlebensstrategie beschäftigt ist.

Erstaunlicherweise geht es plötzlich deutlich schneller, was meinen Gemütszustand erheblich verbessert. Ich sollte später erfahren, dass die beschleunigte Abfertigung ausschließlich darauf zurückzuführen ist, dass nur bis zu einer bestimmten Uhrzeit Nummern ausgegeben werden. Nicht die N.I.E.-Nummern, wie ich zuerst dachte, nein, die Nummer für mich als Wartender. Bingo!

Jeder der persönlich mal bei der AOK, der Zulassungsstelle oder der Stadtverwaltung vorstellig war, kennt dieses System zur zielgerichteten Steuerung von Bürgerinteressen. Und wer den Aufruf seiner Nummer verpennt, hat eben Pech gehabt. Das ist in Alemania nicht anders als in Spanien. Vielleicht mit dem kleinen Unterschied, dass es hier in Andalusien konsequent bis zum Äußersten praktiziert wird. Ausnahmen gibt es hier keine.

Ich kürze an dieser Stelle meinen Erlebnisbericht ab, da ich fühle, wie meine Kampfhormone so langsam wieder die Regie übernehmen. Heute durfte ich eine gewaltige Lektion zum Thema ‚Geduld' lernen. Gehört wohl auch zum richtigen Leben.

Danke lieber Spirit für diese Einsicht.

Kapitel 13: Kindergeburtstag

Ich bin an sich kein nachtragender Mensch. Vergessen werde ich jedoch nie, mit welcher Kraft und Entschlossenheit der N.I.E.-Nummer-Aussteller mein Dokument abstempelte: Jeder Zuchtbulle wäre neidisch geworden. Da steckte Feuer, Begeisterung und noch viel mehr dahinter. „Geschafft", jubilierte ich. Doch weit gefehlt. Es sollten noch einige Bewährungsproben kommen. Im Vergleich dazu war dies heute ein Kindergeburtstag. Nicht mehr.

Wie gut, dass wir Menschen keine Ahnung davon haben, was uns die Zukunft bringen wird. Wenn wir das nämlich wüssten, könnten wir den heutigen Tag, das Jetzt, bestimmt nicht mehr richtig genießen. Und wir leben nun mal im Jetzt, nicht im Gestern und auch nicht im Morgen.

Ob das allerdings alle unsere Zeitgenossen so sehen, wage ich zu bezweifeln. Wer kennt nicht die Fleißigen, die wie die Wahnsinnigen schuften, für die Zeit, wann sie endlich in die Rente gehen können? Oder die Ewiggestrigen, die nur noch in der Vergangenheit leben, von alten Zeiten träumen und mehr oder weniger laut über die Gegenwart schimpfen, so nach dem Motto, wie gut ging es uns doch, als wir die D-Mark hatten? Ja, ja, das waren früher noch Zeiten mit Liras, Schillingen, Gulden und Peseten. Man hatte richtig viel Geld in der Tasche, zumindest vom Nennwert her.

Ich jedenfalls lebe in der Gegenwart, im Jetzt. Und ich habe eine eigene N.I.E.-Nummer, die mir hier gute Dienste leistet. Wie ich zu ihr gekommen bin, habe ich mittlerweile fast vergessen. Im Nachhinein war es wirklich nicht so schlimm. Entscheidend ist, ich habe sie.

Ansonsten unterscheidet sich hier das behördliche Leben nicht wirklich von dem in Alemania. Es gibt solche und solche staatlichen Organe und Gesellschaften, von total antiquiert bis hin zu megaonline. Wahrscheinlich ist das auch gut so. Denn worüber sollten wir uns denn sonst abends beim ‚vino de la casa' noch echauffieren?

Unseren „Spirit" konnte ich bisher nur ganz selten außerhalb unserer Community spüren. Er scheint sich tatsächlich auf unser Areal fokussiert zu haben. Zumindest unter physikalischen Gesichtspunkten wäre das vernünftig, da damit eine Verzettelung ausgeschlossen ist. Wahrscheinlich auch ein Grund dafür, warum ich hier nachts so gut schlafen kann. Und natürlich auch in dem Wissen um eine perfekt funktionierende Hauptpost. Aber das ist wieder eine ganz andere Geschichte.

Mein besonderer Dank gilt der vorausschauenden Fee, die mich mit einem in großen Buchstaben formulierten Text ausgestattet hatte. Ohne diesen hätte es zumindest an diesem Tag keine N.I.E.-Nummer für mich gegeben.

Abermals Dank liebe Steuerfee.

Kapitel 14: Blackout

Wer den Thriller ‚Blackout' von Marc Elsberg gelesen hat, weiß um die Bedeutung einer funktionierenden Stromversorgung für das Wohlergehen einer ganzen Nation, ja eines ganzen Kontinents. Wer darüber noch nicht tiefer nachgedacht hat, für den wäre eine kleine Leseeinheit – so etwa 800 Seiten - ein sinnvollerer Zeitvertreib, als sich täglich mit ‚Basura TV' berieseln zu lassen. Aber, das muss natürlich jeder für selbst entscheiden.

Stell dir vor, du liegst frühmorgens im Bett und öffnest zögerlich die Augen. Du raffst dich auf und machst dich auf die Suche nach der Mando, also der Fernbedienung für die elektrischen Rollladen. Nur so nebenbei: Die drei ‚ls', sind für mich sehr gewöhnungsbedürftig und sehen auch nicht besonders ästhetisch aus. Finde ich ganz persönlich.
   Zurück zu den Rollladen. Routiniert drücke ich auf den gewissen Knopf und ... es passiert nichts. Ich versuche es ein zweites und ein drittes Mal. Vergeblich. „Die Batterien können es nicht sein", ist mir sofort klar, ich habe sie erst kürzlich gewechselt. Spätestens jetzt bin ich wirklich wach geworden, nicht zuletzt aufgrund meiner wenig druckreifen Flüche und Verdächtigungen. Ich gehe zum Lichtschalter und ... es bleibt unverändert dunkel. „Aha, die Sicherung." Die Ursache des Problems scheint gefunden zu sein.

Ohne Licht ist selbst der kurze Weg vom Schlafzimmer bis zum Sicherungskasten nicht ohne Gefahren. „Warum eigentlich?" denke ich, „die Rollladen müssen doch wirklich nicht immer komplett heruntergefahren werden." Der praktische Nutzen dieser Bemerkung ist allerdings in diesem Moment gleich null. Vielleicht wäre es aber doch mal ganz gut über meine Angewohnheit nachzudenken.

Vorausgesetzt man verfügt über ausreichend Auslandserfahrung und damit über ‚Tapsen im Dunkeln', dann erreichst du irgendwann diesen grauen Kasten und fühlst dich nicht nur erleichtert, sondern auch noch als Herr der Situation. Ich betätige also mit einem süffisanten Lächeln das elektrische Wunderteil und ... es tut sich weiterhin nichts.

Jetzt geht es richtig los, die nächste Stufe auf der Eskalationsleiter nähert sich unaufhaltsam mit deutlicher Tendenz nach oben. „Oh Gott", jetzt erst erfasse ich das ganze Ausmaß der Katastrophe: Ohne Strom streikt die Fußbodenheizung. Und Ferienwohnungen ohne Fußbodenheizung sind im Winter für halbwegs kultivierte Menschen kein Ort zum Wohlfühlen.

Wenige Minuten später stehe ich bei unserer ‚ama de casa' vor der Tür und hoffe auf Einlass. Nach einem längeren Telefonat, ich verstehe nur Spanisch, kann sie die Ursache des morgendlichen Dramas aufklären: Die örtliche Stromgesellschaft hat den Hahn zugedreht, nachdem meine beiden letzten Zahlungen nicht eingegangen waren. So einfach ist das hier. Keine Erinnerung, keine Mahnung, kein Strom. Ich bin entsetzt über diese Art von Kundenorientierung. Doch bald kommt mir die Erleuchtung und damit Entwarnung.

Verwöhnt von der Logistik deutscher Banken und Sparkassen sehe ich das Problem fast schon gelöst. Man zahlt den säumigen Betrag schnellstmöglich ein, der Strom fließt, die Fußbodenheizung nimmt ihre Arbeit wieder auf und das Leben kann seinen gewohnten Weg gehen. Soweit die Theorie, die für Deutschland gelten mag. Doch Spanien hat seine eigenen Gesetze, von denen ich nur drei der Vollständigkeit halber erwähnen möchte:

Erstens kann Geld an die hiesige Versorgungsgesellschaft nur bei wenigen, ganz spezifischen Finanzinstituten eingezahlt werden, die in einer natürlich gewachsenen Stadt ohne Generalentwicklungsbauplan erst identifiziert und dann von einem nicht Ortskundigen gefunden werden müssen.

Zweitens können bei vielen Banken und Sparkassen Bareinzahlungen nur bis elf Uhr am Vormittag getätigt werden. Warum ist mir bis heute noch von Niemandem halbwegs nachvollziehbar erklärt worden. Am plausibelsten ist noch der Ansatz mit den Gewerkschaften und Kommunisten. Ob man diese hier in Spanien für alles Unerklärbare verantwortlich machen kann, wage ich allerdings zu bezweifeln.

Drittens ist eine bargeldlose Zahlung in der Bank, also eine Überweisung nahezu unmöglich, da entweder die Schlangen vor dem einzigen Automaten unendlich lang sind, oder die Anweisungen grundsätzlich nur in computanischer Sprache erteilt, oder der Apparat im Moment auf den Wartungsdienst wartet, also nicht funktionsfähig ist.

Das Ergebnis in allen drei Fällen ist identisch: Kein Geld, kein Strom.

Mittlerweile sind mehr als vier Stunden vergangen. Mir wird langsam klar, dass ich Opfer einer kleinen Katastrophe geworden bin. Ich aktiviere alle mir noch verfügbaren Energien, überfliege zum x.ten Mal die letzte Abrechnung der Versorgungsgesellschaft, checke noch einmal die dort angeführten Finanzinstitute. Wahrscheinlich hatte ich mehrfach ‚Municipales de Coreo' überlesen, da mir aus meiner bundesrepublikanischen Vergangenheit die banktechnische Kompetenz der Poststellen hinreichend bekannt ist. Aber nicht so hier. Die zentrale Poststelle der Bezirkshauptstadt ist hervorragend organisiert, mit mehrsprachigem Info-Point, leistungsfähigen Computern und ausgesprochen freundlichen Mitarbeitern, die sich unverzüglich meines Problems annehmen. Ich kann mich nun kurz fassen: In wenigen Minuten ist der säumige Betrag einbezahlt, die Bestätigung dafür auf dem Papier mit der richtigen Farbe ausgedruckt, das dann auch noch direkt von der Post an die Versorgungsgesellschaft gefaxt wird. Was meinst du nun dazu? Und ich? Ich habe fertig. Erst dieser Energieversorger, dann die Banken und Sparkassen und zuletzt eine funktionierende Hauptpost. Das ist eindeutig zu viel für heute morgen.

Hauptpostamt, ich danke dir.

Kapitel 15: Narben

Es gibt Situationen im Leben, die für immer unvergesslich bleiben, die tiefe Narben in Geist, Psyche und Seele hinterlassen.

Zurück zur funktionierenden Hauptpost. Eine halbe Stunde nach Absenden meines Faxes meldet sich eine Stimme auf meinem Handy und teilt mir in fließendem Deutsch mit, dass die Störung behoben sei. Das käme hier gelegentlich vor. Aber nun sei ja wieder alles okay. Ist es das wirklich?

Ich blicke mich um und sehe zum Glück eine kleine Bodega in der Nähe, wo ich mit einem ‚cafe con leche' und einem ‚bocadillo con cheso' meinen psychischen Wiederaufbau beginne. Einen kurzen Gedanken an meine Kühl-/Gefrierkombination ersticke ich im Keim mit der These, dass wenn Wasser in den Kühlschrank hinein gekommen sein sollte, dann wird es sicher auch wieder einen Weg nach draußen finden. Das kann doch wirklich kein Problem sein, wenn der Strom wieder fließt. Oder?

Mittlerweile habe ich mich mit dem Stromversorger arrangiert, der zuverlässig beliefert. Allerdings ist es mir, trotz vielfältiger Unterstützung von Community, Steuerberater und spanischen Freunden, immer noch nicht gelungen, der Stromgesellschaft klar zu machen, dass ich der Eigentümer meiner Wohnung bin. Auf der zweimonatlichen Abrechnung steht unverändert der Name des Vor-,

Vor-, Vorbesitzers aus England. Wie dem auch sei, die Post gibt hier ohnehin nichts auf Namen und orientiert sich stattdessen an Gebäude und Wohnungsnummer. Und die ist glücklicherweise über all die Jahre unverändert geblieben.

Was lerne ich aus all dem? Erstens, pflege eine gute Beziehung zu deinem Energieversorger. Und zweitens, ein ‚Blackout' ist das Allerletzte was man zu seinem Glück benötigt. Ohne meine ‚ama de casa' wäre ich verloren gewesen.

Danke Ines für deine rasche Hilfe.

Kapitel 16: Sandburgen

Viele haben schon die Erfahrung gemacht, dass hier an der Costa del Golf das Klima, das Meer, die mediterrane Ernährung oder was auch immer die Menschen positiv beeinflusst. Inwieweit unser „Spirit" dabei seine Finger mit im Spiel hat, ist mir bisher allerdings verborgen geblieben. Meine temporäre Veränderung geht eindeutig in Richtung Kreativschub, in Form mentaler Ergüsse bis hin zu multiplen Orgasmen. Damit diese nicht zu schnell verrauchen, habe ich begonnen, das eine oder andere sofort zu dokumentieren.

Diesmal kommt die Inspiration völlig unerwartet beim unbeabsichtigten Beobachten des Sandburgbauverhaltens von Engländern, Spaniern und Alpenländlern (D, Ö, CH). Nach kurzer Zeit sind die olympischen Medaillen vergeben: England Bronze, Spanien Silber, Alpenland Gold. Und zwar jeweils mit großem Abstand. Als Begründung notiere ich: „Die Engländer, ein Volk das Vieles kann, nur keine runden Bälle in rechteckige Kästen treten und keine Sandburgen bauen. Wer schon einmal in England war, hat bestimmt einige der großartigen Castles gesehen. Tolle, alte Burgen, allerdings mit zum Teil größerem Renovierungsbedarf, aber, nahezu keine Neuburgen. Da ich bedauerlicherweise noch nie in Newcastle war, kann ich dies hier auch nicht berücksichtigen.

Im Hinblick auf Sandburgen ist jedenfalls kaum ein zählbares Resultat herauskommen, da Engländer, wenn überhaupt, nur ungern in die Sonne gehen, und dann keinesfalls am Morgen, denn da ist Breakfast angesagt bis gegen 10:30 Uhr, keinesfalls über Mittag, wegen der hoch stehenden Sonne, höchstens am Spätnachmittag, nach dem lebensnotwendigen Tee, aber auf jeden Fall vor dem Abendessen. Summa summarum bleibt also wenig Zeit übrig, um sich überhaupt mit dem Bau von Sandburgen befassen zu können. Dafür scheinen sie mehr auf den Bau von Bauruinen spezialisiert zu sein, wie die vielen, allerdings wenig attraktiven Investorenbaustellen an der Costa del Golf überdeutlich zeigen.

Die Spanier haben dagegen eine vollkommen andere Beziehung zum Strandleben. Wenn sie zum Strand gehen, bringen sie, sofern es sich um eine kleinere Sippschaft handelt, mindestens zweiundfünfzig Bekannte und Freunde mit, die allerdings auch notwendig sind, um rein logistisch betrachtet, das gesamte Strandequipment zu transportieren. Bedingt durch den aufwändigen An- und Abbau, verbunden mit dem nach außen hin chaotisch wirkenden Suchen nach irgendwelchen Teilen, die beim letzten Strandbesuch nicht korrekt aus- oder wieder eingepackt wurden, verbleibt allerdings auch hier relativ wenig Zeit für den eigentlichen Bau von Strandburgen. Falls dann aber doch, nach intensivster Diskussion im Familienrat, erste Schritte unternommen werden, beispielsweise mit dem rechten Fuß als Werkzeug zum Ausheben des unumgänglichen Wassergrabens, lockt sicher irgendwo ein herumliegender Fußball zu anders gearteten Aktivitäten, die eine weitaus höhere Priorität haben. Die verzweifelten Versuche einzelner Mütter ihre Männer beim Bau adäquat zu ersetzen, scheitern alle sehr schnell daran, dass ihre Anwesenheit unbedingt beim Zubereiten des Essens erforderlich ist. Was dann noch übrig bleibt sind zaghafte Bemühungen einzelner Kinder den Burgenbau zu vollenden. Aber auch dies kann nur scheitern, da spanische Mädchen keine Burgen mögen und die Jungs viel lieber Fußball spielen. Immerhin kann prinzipiell jeder beim abendlichen Strandspaziergang nach Sonnenuntergang die Sandburgenbauversuche bestaunen, spätestens nachdem man mit einem Fuß in einem feuchten Schlammloch steckt, das ursprünglich mal als Wassergraben angedacht war.

Kommen wir nun zum Alpenländler. Dieser ist leicht und unverwechselbar zu erkennen. Es beginnt mit seinem professionellen Equipment: Mindestens vier Sandschaufeln unterschiedlicher Größe, unzählige Förmchen, sowie mehrere Eimer zur Befeuchtung und Bewässerung des verfügbaren Baumaterials. Das Familienoberhaupt kommt in der Regel mehr als eine halbe Stunde früher als Frau und Kinder an den Strand. Zum einen um die besten Bauplätze abzustecken, zum anderen um sicherheitshalber schon mit den Kanalisationsarbeiten zu beginnen. Die Frau taucht später auf mit den Kindern im Bollerwagen, absolut unbemerkt vom Baumeister, der mit seiner Burg beschäftigt ist.

Da in der alpenländischen Kultur Zeit bekanntlich Geld ist, und dieses wie jenes knapp ist, muss spätestens zur Mittagszeit die Burg fertig sein. Nur dann stellt sich das Gefühl ein, etwas Bleibendes geschafft und die Paella beziehungsweise Pizza nebst ein paar Cervezas verdient zu haben. Der übrige Nachmittag dient abschließend zur

Verdauung des Mittagessens sowie der Abwehr feindlicher Kräfte, die Hand anlegen wollen an der Sandburg, dem neuen Familienbesitz. Im Falle von Kleinkindern und Bellköpfen ist hier der volle Einsatz des Vaters erforderlich, um zu retten was noch zu retten ist. Bemerkenswert ist abschließend die akkurate Anordnung der Türme und Zinnen, was allerdings von anderen Nationalitäten unterschiedlich beurteilt wird. Es gibt hin und wieder auch Stimmen, die Symmetrie und Ordnung als mangelnde Kreativität und Vielfalt in den Bauwerken aus Sand und Muscheln beurteilen.

Der gebildete Alpenländler lässt sich davon nicht beeindrucken, da er gelernt hat, dass man sich Neid eben hart erarbeiten muss.

Zusammenfassend komme ich, ganz objektiv betrachtet, zu dem Ergebnis, dass Engländer die geringste Produktivität beim Bauen von Sandburgen nachweisen können. Verlassene Betonruinen links und rechts der Autobahn bleiben hierbei außerhalb der Wertung. Das spanische Volk ist weiter entwickelt und besticht zumindest mit großflächigen Sandburgenfundamenten, die auf eine große Vergangenheit schließen lassen. Der Alpenländler bringt sich dagegen flächendeckend mit dem Bau von meist quadratischen Sandburgen ein, und das mit der von ihm gewohnten Kompetenz und Akribie. Damit steht zumindest für mich ihre unschlagbare Produktivität im Bau von Sandburgen fest.

Inwieweit diese Fallstudie zu verallgemeinernden Aussagen über Produktivität im internationalen Vergleich herangezogen werden kann, will ich derzeit nicht abschließend beurteilen. Sicher ist allerdings, dass im Reich von Wladimir Wladimirowitsch der Bau von russisch-orthodoxen Sandburgen in Andalusien noch längere Zeit auf die erforderliche Baugenehmigung nebst Mittelfreigabe warten muss. Hier sind jedenfalls bisher keine Russen am Strand beim Bauen von Sandburgen zu orten. Kein Wunder, stehen doch russische Nobelkarossen made in Germany weiter im streng bewachten Parkhaus am Casino in NUEVO ANDALUCIA.

Lieber Pepe, bitte verzeihe mir, dass ich bei der Sportart Sandburgenbau dein geliebtes Spanien auf die Nummer Zwei gesetzt habe. Ich weiß, ihr seid es gewohnt, die Pole-Position einzunehmen, zumindest beim Fußball. Danke für eure Entwicklungshilfe. Beim Sandburgenbau sind wir jedenfalls unangefochten die Nummer Eins. Und beim Fußball könnte es bald zu einer Wachablösung kommen. Ich denke dabei an die nächste Weltmeisterschaft. Zieht euch schon einmal warm an.

Pepe, ich danke dir für dein Verständnis.

Kapitel 17: Essentiell

Der geistige Vater unseres Birdie Clubs muss ein schlauer Kopf gewesen sein. Wahrscheinlich kannte er damals schon die neuesten Forschungsergebnisse der Kybernetik, insbesondere die Theorie der ‚Essenziellen Variablen' des englischen Neurokybernetikers Ross W. Ashby. Diese besagt, dass jeder Organismus für sein Überleben und für seine Lebensfähigkeit ein bestimmtes Set von sogenannten «Essenziellen Variablen» unter Kontrolle halten und durch seine Regelungssysteme gegen alle denkbaren Störungen von innen und außen abschirmen muss, einschließlich bisher noch unbekannter Störungen.

‚Essenzielle Variable' des menschlichen Organismus könnten demnach die Pulsfrequenz, der Zuckerspiegel, der Sauerstoffgehalt des Blutes oder gewisse Aminosäuren sein. Diese Variablen und die Grenzen, innerhalb welcher sie schwanken dürfen, definieren unseren Zustand von Gesundheit. Meine Vermutung ist, dass es so etwas auch für andere Organismen gibt, wie zum Beispiel unsere Community.

Übertrage ich dieses Konzept auf unseren B.C., dann könnte das die Einzigartigkeit im Sinne der Marktstellung sein, der Managementstil unseres Präsidiums für die Produktivität, das Erscheinungsbild, die ‚Outer Appearance', für die Eigentümer, aber auch für neue Miet- und Kaufinteressenten, die Höhe der Rücklagen für die Liquidität und die Transparenz der Mittelverwendung für die Profitabilität sein. Eine Größe fehlt mir hierbei noch: Die partnerzentrierte Kommunikation unter und zwischen den Mitgliedern der Community. Ich bin mir ziemlich sicher, wenn diese Komponenten stimmig sind, kann etwas entstehen, das unserem ‚Spirit' nahe kommt. Ein Phänomen, das zwar nicht direkt greifbar, aber doch von jedem einzelnen beeinflussbar und spürbar ist. Spätestens dann, wenn es um die jährlichen Umlagen geht, die von Community zu Community sehr unterschiedlich sind.

Unser ‚Spirit' muss auf jeden Fall schwäbische oder gar schottische Wurzeln haben, was manch einem Nutznießer der geleisteten Präsidiumsarbeit wahrscheinlich nicht bewusst ist. Denn niedrige Umlagen sind keine Selbstverständlichkeit, sondern das Ergebnis exzellenter Führung. Ich bin gespannt darauf, was uns die Zukunft bringen wird und danke schon einmal den Machern für die in der Vergangenheit geleistete Arbeit. Es wurde mir berichtet, dass lange vor meiner Zeit hier ein richtig Deutscher mit einem konsequenten Kostenmanagement begonnen hat.

Ich danke diesem Menschen.

Kapitel 18: Gegensätze

Lieber Hundefreund, wir kennen uns zwar noch nicht allzu lange, doch haben wir schnell erkannt, dass Ferrari-Feeling und Fiesta-Reifenschonung keine unüberbrückbaren Gegensätze sein müssen, genauso wenig wie landsmännische Mentalitäten. Ich gebe zu, das Königreich der Franken war eine andere Hausnummer als unser württembergisches. Aber: Habt ihr einen Schiller, einen Mörike, einen Häberle? Einigen wir uns also auf gleiche Augenhöhe, ja?!

Außenstehende haben uns beide ausschließlich auf Basis von Äußerlichkeiten, wie volles Haar, sportlich-dynamische Erscheinung, braune Gesichtstönung, gepflegtes Outfit mit/ohne Markenfetischismus, schnell einen Namen gegeben: ‚Dörrrappel'. Für nicht der hessischen Sprache Mächtige übersetze ich das sinngemäß mit ‚geläutertem homo sapiens, dessen kalendarisches abzüglich biologisches Alter in etwa gleich ist wie der gemessene Anteil an Körperfett." Okay? Auf Spanisch könnte man auch sagen ‚hombre reformada' oder so ähnlich.

Da GALA-infizierte Frauen gewisse Dinge nun mal anders sehen als Männer im besten Alter, lasse ich das mit dem ‚Dörrrappel' zumindest hier unkommentiert stehen und widme mich Wichtigerem. Zum Beispiel Jahrgang, Lage und Abgang von liquider Genussmitteln, die selbst von einem ‚pensionista desdentado' barrierefrei konsumiert und im Notfall sogar intravenös verabreicht werden könnten. In diesem Sinne: Es gibt nichts Gutes, es sei denn, man genießt es.

A propos genießen. Mein Freund, du hast mich wirklich überrascht mit deinem Verständnis von ‚cocina'. Diese ist einzigartig in unserer Community und ein weiterer Beweis für deren Unvergleichbarkeit. Warum? Weil man ‚casi nada' selbst mit Luxusdesignerkreationen nicht seriös vergleichen kann. ¿Está claro? ¿Entendido?

Wie du mir mitgeteilt hast, willst du deine Zelte demnächst woanders aufschlagen. War das eigentlich deine Idee oder die deiner Frau? Ich frage das an dieser Stelle völlig wertneutral, aus reinem Interesse an eurer Beziehung. Wie dem auch sei, die Community wird euch nach meiner Kenntnis im Falle einer standesgemäßen Abschiedsgala eine zeitlich unbefristete Rückkehrgarantie offerieren. Das ist zwar noch nicht fix, aber was ist hier, nahe des Geburtsortes der Corrida, schon fix? Ich weiß, die Zeit wird kommen, wenn du dem alten ‚Spirit' nachtrauern wirst. Nimm das nicht auf die leichte Schulter. ‚Spirit' oder gar ‚Spirits' können allerhand anrichten. Du musst jetzt nicht gleich an Pennsylvanien, die Dracula Dynastie oder deren Nachkommen denken. Nein, think positive und vertraue deinem Instinkt. Dann findet sich immer mal ein offenes Türchen.

Du kannst dich sicherlich noch an Winnetou und Old Shatterhand erinnern, diese so ungleichen Blutsbrüder, die aber auch Gemeinsamkeiten hatten, zum Beispiel das Pfeifchen am Abend nach dem hart erbrachtem Tagewerk.

Unser Pfeifchen ist mehr flüssiger Art und mehr ‚secco'. In dem Moment, in dem ich diese Zeilen schreibe, singt Udo, also der aus Hamburg, nicht der aus Klagenfurt, ‚ich mach mein Ding'. Glaubst du an Zufälle? Ich jedenfalls nicht. Du hast schon immer dein Ding durchgezogen, auch wenn dein Ferrari, der meistens leider nur im Überzieherlook zu bewundern ist, die falschen Innenmaße für Hund und Frau aufweist. Jetzt musst du Kante zeigen und dich entscheiden. Oder deine Frau liebt nicht nur dich sondern auch dein ‚Hündchen', unabhängig davon, ob sie während der Fahrt noch etwas anderes sehen möchte als Hunderücken, -ohren und kopf. Wahre Liebe zeigt sich eben auf ganz eigene Art. Ich finde, das ist gut so. Oder?

Zum Schluss noch eine kleine Empfehlung. Überrasche deine ‚mujer' bitte erst dann mit diesen Zeilen, wenn du sie sorgfältig gelesen hast. Ich weiß wovon ich spreche. Vorweggenommene Einwandbehandlung ist immer noch die beste Strategie falls du nicht mit unbequemen Fragen konfrontiert werden möchtest. Das macht sowohl aus strategischer als auch kommunikationstechnischer Sicht sehr viel Sinn. Du verstehst? Das ist nicht nur so locker hin geschrieben. Ich wünsche mir, dass du mich verstehst.

Die letzten von mir verfassten Tipps sind nicht Ergebnis meines früheren Berufsdaseins, sondern fokussierte Lebenserfahrungen eines Geläuterten. In diesem Sinne immer locker bleiben.

Ich danke dir Dieter für viele kurzweilige Stunden.

Kapitel 19: Schirmallergien

Heute morgen ist es nasskalt. Ein Wetter, bei dem man keinen Hund auf die Gasse lassen sollte. Und ich? Als überzeugter Bewegungs- und Frischluftfanatiker ist das bei mir natürlich anders: Ich bin kein Weichei. Mich kann kein Wetter abhalten. Je oller, desto doller ist mein Motto. Ich bin geradezu süchtig nach frischer Luft, nach Bewegung. Das hab ich meinem Boss zu verdanken, der in dieser Hinsicht ähnlich gnadenlos ist. Und soll ich mich mit dem anlegen? Blödsinn.

Dieser teilt zudem eine andere Leidenschaft mit mir: Wir stehen auf Lösungen. Wir labern nicht gerne über Probleme, Probleme und noch mal Probleme. Wir sind keine Politiker. Und auch keine Lobbyisten. Wenn wir ein Problem erkennen, schalten wir unseren Denkapparat ein, schürfen nach Naggets®, messen und analysieren. Und dann kommen bald auch Lösungen.

Zielgerichtet steuere ich heute einen meiner Lösungsplätze an. Das sind Orte, die für mich eine besondere Anziehungskraft haben, geradezu magisch. Warum? Interessiert mich eigentlich nicht besonders, denn ich bin fokussiert auf Lösungen und nicht auf Kaffeesatzleserei. Doch heute überkommt mich plötzlich eine Art Allergie. Das ist ein Zustand, in dem sich bei mir fast alles verkrampft. So wie bei diesem Gabriel, also ich meine nicht den Engel, sondern den mit den Pauschbacken, wenn er zu einer Pressekonferenz muss. Bei mir sind die Symptome eindeutig:

Stromfrisur, Schaum um den Mund, Atembeschwerden und Herzrasen.

Ich schaue mich um und erkenne sofort die Ursache: Ein Mantel. Nein, nein. Nicht so ein Bankenrettungsschirm, nein. Es ist etwas anderes. Ich spüre, wie eine Art Ganzkörperverkrampfung sich bei mir einstellt. Und was ist die Ursache? Ich erkenne mehrere ummantelte Sträucher. Was arme Dinger, schießt mir durch den Kopf, verhüllt als Mumie, ohne Ausblick, ohne Durchblick. Wie müssen die sich fühlen? Ein Leben in monatelanger Dunkelheit. Und nur, weil es in der Nacht kalt werden könnte. Das entspricht nach meinem Verständnis nicht nur grausamer Einzelhaft, sondern verschärfter Isolierfolter. Guantanamo lässt grüßen. Menschen können so grausam sein.

Warum machen die so etwas? Haben die wirklich Angst, dass den armen Pflanzen etwas Schlimmes passieren könnte? Oder fürchten die, dass die vielleicht davon laufen? Oder sich bei diesem Wetter einen Schnupfen holen? Oder einen Virus, vielleicht sogar einen tödlichen? Ich weiß, die meinen es im Prinzip ja nur gut. So wie man es mit ihnen gut meint, diesen Bemantelten und Beschirmten: Banker, die sich unter ihren Schutzschirmen sonnen, Politiker und Prozesszeugen unter ihren Demenzschirmen, „... soweit ich mich überhaupt noch erinnern kann ..." statusbewusste Bischöfe unter Gnadenschirmen, Iren, Portugiesen, Spanier unter Euroschirmen, und selbst Mutti hat Schutzschirme und Bemanteler in Form ihrer Pressesprecher. Manchmal habe ich den Eindruck in einer Schirm- oder Mantelrepublik zu leben.

Natürlich habe ich auch andere dazu befragt. Und? Die Wahrheit kann grausam sein. Ich sage nur: Don Quichote! Ganz konkret: Mein Doc kämpft gegen Lobbyistenmäntel der Pharmaindustrie, Nahrungsmittelindustrie, gegen DGE, Ärztebistümer, Zuckerindustrie einschließlich der EU-Fördergeldverschleuderbürokratie. Bei all diesen Gedanken, steigt bei mir natürlich die Verkrampfung nahezu ins Unendliche. Von Lösung keine Spur mehr.

Trotz all dem, ich gebe nicht auf. Das hat mir mein Boss beigebracht. Auch der bewegt sich regelmäßig, ernährt sich weitgehend bewusst, vor allem low-carb, meidet Industriezucker, schlechte Fette, und er legt Wert auf regelmäßige Entspannung, im Volksmund auch Nickerchen genannt. Leider ist dies im westlichen Kulturkreis in Verrufung geraten. Die Chinesen sind da schlauer: Die haben laut Verfassung ein Grundrecht auf ihr Nickerchen. So sieht es im Moment zumindest aus. Also, was tun?

Heureka! Ich habe es. Meine Überlebensstrategien sind artgerechtes Futtern, Bewegen im Freien und Loslassen. Stressabbau. Entschleunigen, was allerdings in vielen Kreisen noch nicht 'in' ist. Vielleicht ist auch die Zeit dafür noch nicht reif? Ich weiß es nicht. Oder ist es dafür schon zu spät? Nein, denn dafür kann es nie zu spät sein.

Nach dieser Erkenntnis spüre ich plötzlich, wie sich meine Ganzkörperverspannung aufzulösen beginnt. Was ein archaisches Gefühl! Ich atme tief durch, einige Drehungen, Konzentration auf das Wesentliche, und dann loslassen. Ich kann lösen. „Yes, you can," meinte schon Mister President. Leider haben dies hier viele Hundehalter mit und ohne Migrationshintergrund falsch verstanden. Es wäre schön, wenn unser ‚Spirit' hier erzieherisch tätig werden könnte. Hundehaufen haben um den B.C. herum nichts verloren.

Wem dieser Text merkwürdig erscheint, möge einen kleinen Tipp befolgen: Unser „Spirit" ist für alle da, auch Vierbeiner. Einem solchen verdanke ich diesen Gastkommentar.

Ich danke Pauline für ihre Lösungsstrategien.

Kapitel 20: Schattenmann

Wenn ein Mensch maßgeblich unseren ‚Spirit' beeinflusst hat, dann sind Sie es. Ein gemeinsamer Freund bezeichnet Sie als ‚Schattenmann'. Ich nenne Sie der Einfachheit halber Monsignore. Bitte verstehen Sie dies als Ausdruck meiner Wertschätzung und Anerkennung Ihrer Leistungen für unsere Community, und das über viele Jahre hinweg.

Sie haben auf Basis ihrer jahrzehntelangen Erfahrung in spanisch sprechenden Ländern hier ein Kostenmanagement eingeführt, das alle Hochachtung verdient. Es ist kein primitives Downsizing, sondern ein vorausschauendes Denken, gepaart mit einem unnachahmlichen Blick für das Machbare, ohne dabei wirtschaftliche Aspekte zu vernachlässigen. All dies lässt mich vergessen, dass Sie ihr gesamtes Arbeitsleben in einem Konzern verbracht haben, der noch immer Tiere zu – zumindest aus meiner Sicht - unsinnigen Versuchszwecken missbraucht. Heute zwar weniger als früher, aber trotzdem.

Im Übrigen haben Sie es mir am Anfang nicht leicht gemacht, Zugang zu Ihnen zu finden. Ich erinnere mich noch sehr gut an mein Empfinden, als ich Sie zum allersten Mal telefonisch kontaktierte: Martialische Tonart à la Guardia Civil alter Prägung gepaart mit preußischer Sparsamkeit – es hätte nicht viel gefehlt und Sie hätten mich zum Strammstehen mit integrierter Sprachlähmung gebracht. Und das bei einem, der nie in seinem Leben gedient hat, und der wirklich nicht weiß, wie militärisches Kommando sich anfühlt. Als ich jedoch diese erste Hürde überwunden hatte, entdeckte ich einen Menschen, der anderen gerne hilft und sein enormes Wissen zur Verfügung stellt. Sie leben hier zwar nicht die reine Art der Selbstlosigkeit vor, okay, vielleicht so eine Art Mutter Theresa im kapitalistischen Gewand. Bin ich jetzt über das Ziel hinaus geschossen? Kann durchaus sein.

Durch Sie habe ich die Bedeutung der ‚Cuotas' kennen gelernt. Es ist sicher kein Zufall, dass Ihnen viele Menschen vertrauen. Ich bin mir sicher, dass Sie dieses Vertrauen auch zukünftig nie enttäuschen und sorgfältig abwägen werden, wem Sie in ferner Zukunft den Stab übergeben können.

Ich fühle mich Ihnen zu großem Dank verpflichtet. Darüber hinaus schätzen einige Damen, so wurde es mir zugetragen, ihre humorvolle Begleitung bei morgendlichen Strandspaziergängen. Ich gehe davon aus, dass Sie dies mit Ihrer werten Gattin abgestimmt haben und auch in der Zukunft weiter tun werden.

Ich danke Ihnen, Mister President.

Kapitel 21: Schwere Geburt

Inwieweit die Trias ‚Birdie Club', ‚Spirit' und ‚Hund' ein Zufallsprodukt ist oder nicht, beschäftigt mich schon seit längerem. Fakt ist, dass Hunde sich hier sehr wohl fühlen, obwohl sie strenge Regeln befolgen müssen. Das gilt für den Mischling gleichermaßen wie für Adlige mit englischem Stammbaum oder einen richtigen Lord.

Eine ehemalige Mitbewohnerin möchte zum Dank für viele schöne Stunden und Runden gerne einige Geschichten aus ihrem Leben erzählen. Ab besten ich lasse sie persönlich zu Wort kommen.

"Mein allererster Tag fing ganz normal an mit dem üblichen Kampf und Gedränge am morgendlichen Frühstücksbuffet. Die körperlichen Attacken nehmen von Tag zu Tag zu. Da wird so lange geschubst und gedrückt, bis der eine oder andere doch tatsächlich das Gleichgewicht verliert. Einige übertrieben es wirklich mit dem körperlichen Einsatz. Besonders ein etwas Molligerer benimmt sich wieder wie ein Flegel. Der wird höchstwahrscheinlich mal im Superschwergewicht landen, denke ich mir. Übrigens, ich bin die Ira von Wald und Forst, genannt Pauline.

Kurz nach der Siesta höre ich fremde Stimmen. „Was soll das? Kommen wieder neue Gaffer? Nein, viel schlimmer. Krakenförmige Greifer versuchen mich zu packen, in schwindelerregende Höhen zu befördern. „Was habe ich da soeben gehört? Oh, ist der süß! „Süß? Kenne ich nicht. Vielleicht ist es erst mal besser, den Kopf einzuziehen, abwarten was passiert. Was ein fürchterlicher Lärm! Ist ja gesundheitsschädigend. Wo kommen denn nur diese blechernen Stimmen und Töne her? Etwa aus dem großen Kasten mit Knöpfen und anderem Zeug dran? In diesem Moment höre ich: „Mach doch das Radio leiser. Die hören doch siebenmal besser." Also das hat mir wirklich imponiert, dass die so etwas wussten. Und ‚süß' muss ich mir merken. Das sollte nicht mein letzter Irrtum sein. Aber jetzt der Reihe nach.

Ganz generell ist das Leben in einer Großstadt sehr stressig. Nicht zu vergleichen mit meinem früheren Leben auf dem Lande. Am besten ich beginne ganz von vorne. Die Fahrt im Auto war angenehm. Ich habe fast die ganze Zeit geschlafen. Kaum angekommen erkunde ich zuerst den Garten und dann die Wohnung. Alles total neu und aufregend. Ich habe auch schon einige Nachbarn kennen gelernt, zwei nette Mädchen, die eine extrem langbeinig, die andere mit großen Ohren. Ihr versteht mich?

Dann inspiziere ich das Büro. Alles übersichtlich und mit dem Notwendigen ausgestattet. Sogar eine Couch ist da. Habe sie sofort für mich alleine reserviert. Man kann ja nie wissen was noch kommt."

Ich danke meinen Bossis für ihr Verständnis. Auch für diesen Gastkommentar, dem noch zwei folgen werden.

Kapitel 22: Fortbildung

„Tage später darf ich auf meine erste Fortbildung. Die Trainerin, eine von der ganz harten Sorte, hat wahrscheinlich früher mal so eine Militärakademie im Osten besucht, als dieser Vorhang noch da war. Hatte so gesehen auch seine guten Seiten. Obwohl, ich muss zugeben, die Vierbeiner aus dem Osten sind in Ordnung und in der Regel sogar besser ausgebildet als wir Wessis. Ob das an unserem Ausbildungssystem liegt? Ich bin jedenfalls der Meinung, dass jeder Hundehalter in die Schule gehen müsste. Sonst wird das nichts mit entspannten Abläufen, entsorgten Lösungen und der damit verbundenen Hygiene.

Wie läuft es derzeit bei uns? Chaotisch, kann ich nur sagen. Jeder Bezirk macht was anderes. Die im Osten hatten es da früher eindeutig besser. Ein Mann, ein Wort. Obwohl, Frauen sind bei denen auch nicht an die Spitze gekommen. Apropos Spitze. Besonders viel Spaß habe ich bei Kampfspielen, so Frau gegen Frau oder noch besser Frau gegen Mann. Das macht voll Spaß. Besonders wenn ich die Siegerin bin oder mich zumindest so fühle. Danach bin ich allerdings total geschafft. Aber ich brauche das zur Regulation meines Hormonhaushaltes.

Auf der Rückfahrt vom Training plärrt mal wieder eine Blechkiste. Was höre ich da? Schröder habe gewonnen, weil er das Misstrauensvotum verloren hat? Was ist denn das für eine Logik? Und ein Herr Fischer behauptet, dass Rotgrün auf seine Leistungen stolz sein könnte. Was meinen die überhaupt mit Rotgrün? Ich sehe im Moment nur dunkelgrau. Na ja, vielleicht habe ich mich doch zu sehr beim Training verausgabt. Dürften normale Wahrnehmungsverzerrungen sein, nichts Besorgniserregendes.

Mein erstes richtiges Trainingslager erlebe ich Wochen später auf einer Insel im Norden der Republik, mit Wasser außen rum. Voll geil. An jeder Ecke treffe ich Freunde, die gute Seeluft törnt voll an, die Heidelandschaft lässt Tolles erahnen, und der Sandstrand – einfach Wahnsinn. Da kann ich laufen, laufen und noch mal laufen. Das Wasser ist auch nicht schlecht, nur so unberechenbar. Manchmal ist es da, dann wieder weg. Und dann wieder mit aller Macht - es zieht mir fast die Beine weg. Das ist lustig. Hier bin ich in meinem Element. Auch wenn ich danach hundemüde bin. Wen habe ich heute wieder getroffen? Diesen Dünnen von gestern, ein Hungerhaken. Steht wahrscheinlich nur auf Körner und Grünzeug. Das würde ich auf Dauer nicht durchhalten. Ich brauche auch mal etwas Deftiges, Bratwurst oder Büffelknochen.

Ab und an ist Spezialtraining angesagt – im tiefen Sand, links um die Strandkörbe, rechts rum, alles nur vom Feinsten. Oh Gott, was tun mir dann die Hufe weh. Aber Müdigkeit zugeben? Niemals. Es geht weiter. Hier kann ich mich mit anderen vernünftig unterhalten, solchen, die mich auch verstehen. Was kann das Leben toll sein, wenn man die richtigen Partner gefunden hat. Oder?"

Danke Pauline für deine Einsichten.

Kapitel 23: Agility

„Eine merkwürdige Gattung stechender Flugobjekte habe ich auch schon getestet. Erst waren die total giftig, dann ich. Wenn mich einer attackiert, raste ich komplett aus. Auch einen Notarzt habe ich schon kennen gelernt. Komischer Kauz. Hat mich erst mal zur Raison gerufen. Den blöden Spruch bei der Begrüßung werde ich nie vergessen: „Daran ist noch keiner gestorben." Das nennt man in diesen Kreisen wohl emotionale Intelligenz. Und dann hat der mir einen Turbo rein gejagt. Ein Gefühl wie Weihnachten und Ostern im Doppelpack. Schmerz pur. Aber Jammern war noch nie meine Sache. Ich habe mich kurz hingelegt und bin dann schnell weggeknackt.

Fest steht für mich nach diesem Vorfall, dass ich später auf keinen Fall etwas machen werde, das in irgendwelcher Form mit bewaffneten Flugobjekten zu tun hat. Also, tschüss Bundeswehr. Dafür habe ich nun einen anderen Traumberuf: Führungskraft. Warum? Ganz einfach. Ich durfte mich gezwungenermaßen mit dem Geschäftsgebaren von international tätigen Großbanken beschäftigen. Die wollen nämlich unsereins überhaupt nicht rein lassen. Absolut diskriminierend. Es ist fast wie mit den Frauen im Vorstand. Aber das nur so nebenbei. Und wenn man dann doch reinkommt, dann erwarten einen spiegelglatte Böden. Ich erschrecke mich jedes Mal, was mich da so anschaut. Ansonsten ist überall wenig Bewegung zu registrieren. Entweder die stehen rum, quatschten, oder sie sitzen rum und schauen in die Röhre.

Dies bringt mich auf das Thema ‚Agility'. Agilität, das würde denen echt gut tun. Agility kam ja ursprünglich aus England und ist eine mittlerweile in Europa weit verbreitete Sportart. Zumindest bei uns. Ziel beim Turnier ist, dass Hund und Führer gemeinsam möglichst wenig Fehler in der Bewältigung von Hindernissen machen, und zwar in einer vorgegeben Zeit. Also: Qualität vor Schnelligkeit. Soweit zum Grundsätzlichen.

Was das mit Management in Banken zu tun hat? Ich habe nachgedacht und bin dabei zu folgendem Ergebnis gekommen: Führungskraft (Frau/Herrchen) und Mitarbeiter (Hund) sind bei Agility-Turnieren gemeinsam für das Ergebnis verantwortlich. Hoppla – gemeinsame Ergebnisverantwortung. Wie passt das zu den individuellen Bonuszahlungen für die in den oberen Etagen?

Die Führungskraft lernt beim Agility sehr schnell, dass der Hund nur das macht, was die Führungskraft vorlebt. Wichtig sind Gestik, Mimik, Körpersprache. Die Ursache für Fehlverhalten liegt primär bei der Führungskraft. Ich könnte mir denken, dass viele Führungskräfte nun froh sind, keinen Hund führen zu müssen. Zum Glück haben sie Untergeordnete, die weiterhin nach dem Steinzeitprinzip behandelt werden können: Ober sticht Unter.

Ein Team (Frau/Herrchen+Hund) hat beim Agility nur dann eine Gewinnchance, wenn vorher fleißig trainiert und geübt wurde. Würde im Unternehmen bedeuten: Erst ausbilden, umfassend einarbeiten, dann arbeiten und kontinuierlich weiterbilden. Keine Zeit gehabt zu haben, findet zumindest bei Agility-Schiedsrichtern kein Gehör. Ich höre hier schon einige Kommentare aus höchster Unternehmensebene: Zu aufwändig, unrealistisch, ruinös etc.. Zugegeben, die betriebliche Praxis sieht vielerorts anders aus. Daher wahrscheinlich auch der permanente Stress derer, die Probleme mit Kunden, Lieferanten oder untereinander haben.

Ein Team (Frau/Herrchen+Hund) wird beim Agility nur dann zugelassen, wenn sie vorher einen Eignungstest bestanden und geimpft sind. Na ja, zumindest die Impfung kann man im betrieblichen Umfeld wohl voraussetzen. Aber ein Eignungstest? Undenkbar bei dem ohnehin schon vorhandenen Mangel an geeigneten Managern. Was die Agilityoberen sich dabei gedacht haben? Obwohl, bei uns waren Rettungsschirme bisher noch nie ein Thema.

Bei Agilityturnieren herrscht Ordnung. Alle halten sich an die vereinbarten Regeln. Wenn nicht: DIS. Jeder weiß: Disqualifikation bedeutet sofortigen Ausschluss. Stellt euch mal vor, in Unternehmen gäbe es wenige, aber dafür verbindliche Regeln, die für alle gelten, und dann auch noch eingehalten würden. Was ein Produktivitätsschub, ohne Mehrkosten, ohne McConsulting.

Mein Fazit fällt eindeutig aus: Wenn ‚Qualität vor Zeit' gelten würde, was hätten wir für Ergebnisse. Einerseits Qualität auf allen Ebenen, andererseits einen Schwund an schlauen Sprüchen wie z.B. ‚Das grüne Band der Sympathie' oder ‚Wir sind für unsere Kunden da'. Für wen denn sonst? Ich wage mir kaum vorzustellen, welche Führungskultur wir hätten, wenn der Wertekodex ‚Agility' beinhalten würde. Und dann auch noch tatsächlich umgesetzt würde. Ich sehe schon die Schlagzeile auf allen Titelblättern: Wir sind Weltmeister. Über den Untertitel bin ich mir noch nicht ganz im Klaren: Vielleicht ‚auf den Hund gekommen?' Darüber muss ich noch nachdenken.

Ob so oder so, Agility dürfte bei unseren englischen Freunden gut ankommen, auch wenn diese, im Gegensatz zu Dänemark, noch nie Europameister im Fußball geworden sind. Dafür ist Agility ihre Erfindung. Das anerkenne ich ohne jeden Neid. Respekt und Fairness sind bei selbstverständlich. Da brauchen wir keine FIFA und auch kein IOC.

Ich komme jetzt zum Abschluss meiner Gastbeiträge. Im Birdie Club sind viele auf den Hund gekommen. Eine Dame möchte ich besonders heraus heben, eine, die von allen geliebt wird. Und nicht nur von uns Hunden.

Eva, ich danke dir für deine Gastfreundschaft.

Kapitel 24: Könner

Geschätztes Multitalent, ich bin wahrscheinlich der einzige auf diesem Planeten, der dich nicht Costi nennt. Warum? Ich kann es dir nicht sagen. Wahrscheinlich ist es Ausdruck meiner ganz besonderen Wertschätzung deiner vielen Talente und ganz speziell deiner Termintreue.

Wenn man den Erzählungen vieler Spanienerfahrener lauscht, hört man immer wieder von der Unzuverlässigkeit, Inkompetenz, Unpünktlichkeit und so weiter der ortsansässigen Handwerker. Berühmt berüchtigt ist das ‚manana, manana'. Man wartet, wartet und wartet. Vielleicht wäre es besser, zwischendurch mal nach Alemania zurückzukehren und dort zu versuchen, einen Installateur wegen eines tropfenden Abflusses zu bekommen. Selbst bei Erteilen einer in der Höhe unbeschränkten Einzugsermächtigung wäre aber auch dort ein mehrmonatiger Zwangsaufenthalt keine Überraschung. Es gibt Vieles zu tun, auch bei uns.

Ich persönlich habe keine Erklärung, warum mir das hier noch nicht passiert ist. Es gibt da ein deutsches Sprichwort ‚Wie man in den Wald hineinruft, …', aber wahrscheinlich ist das viel zu kurz gegriffen. Lieber Freund, du hebst dich nicht nur aus meiner Sicht um einiges von deinen Kollegen ab. Deine Professionalität, dein Blick für das Wesentliche, deine Hilfsbereitschaft sind hier schon fast legendär.

Ich habe dich kennen und schätzen gelernt auf Empfehlung unseres Monsignore. Leider wirst du uns bald verlassen. Auch dich hat unser alemannisches Sozialversicherungs- und Steuersystem fest im Griff. Diese Organe sind wahrscheinlich die einzige Instanz, die meint, man müsse dich kontrollieren. Ich habe über Jahre hinweg erlebt, dass die Qualität der von dir geleisteten Arbeit die einzig angemessene Kontrolle ist. Wie dem auch sei, ich habe Verständnis für deine Entscheidung, in naher Zukunft Andalusien den Rücken zu kehren und in das weniger heiße Alemania zurückzukehren. Man wird dich dort bestimmt mit offenen Armen empfangen, denn es gibt nicht viele deiner Qualität und Kompetenz.

Du machst es besser als mancher Politiker oder Spitzensportler, die den richtigen Zeitpunkt für eine persönliche Veränderung versäumt haben. Bekanntlich soll man abtreten, wenn man sich auf dem Höhepunkt seiner Entwicklung befindet.

Es war für mich immer ein beruhigendes Gefühl, dir den Wohnungsschlüssel und eine ToDo-Liste in die Hand zu drücken. Kam ich dann nach Wochen oder Monaten zurück, erstrahlte alles in neuem Glanz. Genau so stelle ich mir den idealen Dienstleister vor. Der braucht kein schriftlich formuliertes Vision Statement, kein Hochglanzleitbild, keine Video-Clips für die Kundengewinnung und Kundenbindung. Was könnten wir doch für blühende Landschaften haben, wenn wir mehr Menschen wie dich hätten? Es ist für mich nahezu unvorstellbar, und man sagt mir nach, dass gelegentlich meine Phantasie mit mir durchginge, dass es irgend einmal einen Finanzsektor, eine Geldwirtschaft gibt, in der handwerklich ordentliche Arbeit abgeliefert wird, statt mit Optionen, Aktien, Rohstoffen oder Geld zu zocken, das man selbst überhaupt nicht besitzt.

Ich nehme dein vorbildliches Wirken gerne zum Anlass, mein derzeit gestörtes Bild beziehungsweise angeknackstes Vertrauen in einige Kernbereiche unserer Gesellschaft zu überarbeiten. Dabei denke ich insbesondere an das Gesundheitswesen, die Versorgungs-, Zucker- oder Waffenindustrie, deren Heerscharen an Lobbyisten wahrscheinlich mehr kosten als wir jemals in ein zukunftsorientiertes Bildungswesen investieren könnten.

An dieser Stelle fällt mir auf, dass ich mich mal wieder in einen gewaltigen mentalen Organismus hinein geschrieben habe, den es schleunigst wieder einzufangen gilt.

Ich danke dir für alles, was Du für mich getan hast und hoffe, dass wir auch zukünftig miteinander in Kontakt bleiben. Hoffentlich werden wir deinen ‚Spirit' nicht allzu sehr vermissen.

Costi danke. Es war mir viel mehr als ein Vergnügen.

Kapitel 25: Meisterschaft

Unser ‚Spirit' hat vielfältige Komponenten. Eine davon ist das gelegentliche abendliche Ausrücken. Das ist durchaus bemerkenswert, da der Birdie Club in den Augen seiner Liebhaber eine einzige Wohlfühloase ist.

Wie dem auch sei, auch mich zieht es heute Abend für einige Stunden von dannen, besser gesagt direkt ans Meer. Ich habe Glück und bekomme ohne Vorreservierung einen windgeschützten Tisch in der ersten Reihe. Der Blick auf das Meer, das Spiel der Wellen fasziniert mich immer wieder aufs Neue. So auch heute. Ein älterer, etwas klein gewachsener Mann hat sich mittlerweile an den Tisch links von mir gesetzt. Ich bin zwar nicht der Typ, der permanent andere zu seinem eigenen Glück benötigt, nein, überhaupt nicht, aber ab und zu ein gutes Gespräch, dafür bin ich schon zu haben. So fahre ich kurz meine Lauschorgane aus, um in Erfahrung zu bringen, welche Fremdsprache die größte Erfolgsaussicht auf eine positive Resonanz haben könnte. Ich habe im Laufe meines Berufslebens die Erfahrung gemacht, dass ein Franzose eben gerne französisch parliert, ein Engländer nie etwas anderes tut, als Englisch zu sprechen, und ein Schwabe niemals Hochdeutsch als Kommunikationsmedium wählen würde. Englisch mit einem Italiener oder Spanier ist dagegen immer sehr amüsant, da diese Nationalitäten mir das Gefühl gaben, dass Unsereins eben doch nicht immer die schlechtesten Startchancen im Erlernen einer Fremdsprache mitbekommen hat.

Ich finde rasch heraus, dass rheinische Dialekte weit entfernt von einem gepflegten Hochdeutsch sind und dieser Mann ein sehr gepflegtes Spanisch spricht. Dies stößt allerdings bei unserem Kellner auf wenig Gegenliebe, da dieser Sich grundsätzlich mit jedem Gast in dessen Muttersprache verständigen möchte. So viel dazu.

Bekanntlich ist Lächeln der kürzeste Weg zwischen zwei Menschen. Also warte ich einen mir geeignet erscheinenden Moment ab, bis ich meiner Zielperson ein unauffälliges Lächeln, gefolgt von einem leichten Kopfnicken, zukommen lasse. Und wie fast immer, auch heute Abend ist diese Aktion von Erfolg gekrönt. Mein Nachbar reagiert prompt mit der Frage, ob er gemeint sei. Ich nicke und antworte: „Ich hatte gerade das Gefühl, meine Empfindungen hier draußen mit Jemandem teilen zu müssen." „Sind Sie ein Poet", will Herr Nachbar wissen. Das schmeichelt mir natürlich, da mich für einen Poeten bisher niemand gehalten hat. „Das wäre zu schön, um wahr zu sein", ergänze ich, „nein, nein, ich bin immer noch als Berater tätig." Mein Nachbar schmunzelt: „Die sollen ja auch ganz gut verdienen, habe ich gehört." Ich nicke und fahre fort: „Warum glauben Sie, sitze ich in den letzten Monaten so häufig hier im krisengeschüttelten Andalusien und lasse es mir gut gehen? Hier kann ich die Früchte meiner Arbeit genießen. Und, wenn ich fragen darf, was haben Sie zur Meisterschaft gebracht?" Bevor mein Nachbar antworten kann, stehe ich auf und stelle mich vor: „Stem Paulson mein Name. Darf ich Ihnen einen Platz an meinem Tisch anbieten, Herr ...?"

„Ich bin der Wilhelm. Einfach Wilhelm. Da sage ich nicht nein, Stem." Er reicht mir die Hand, setzt sich mir gegenüber: „Du fragtest nach meiner Meisterschaft. Das habe ich so in dieser Form noch nie gehört. Ja, da muss ich erst einmal nachdenken. Ich habe nach meiner Lehre zum Kaufmann für Außenhandel erst einige Jahre im Vertrieb gearbeitet. Damals brauchte man zum Glück noch kein Studium dafür. Und dann bin ich mit meinen Aufgaben gewachsen. Erst Team-, dann Vertriebsleiter, irgendwann hatte ich den gesamten Vertrieb für die Spanisch sprechenden Länder in meiner Verantwortung. Dabei kam mir zugute, dass mein Großvater aus Conil stammt, das ist nur etwa hundert Kilometer von hier entfernt, und ich so schon immer etwas Spanisch in meiner Familie mit bekam. Und mit Englisch- und Spanischkenntnissen gab es damals nicht allzu viele, die daneben auch noch verkaufen konnten. So wurde ich irgendwann Vorstand für den gesamten Vertrieb. Ich habe nur ein Unternehmen kennengelernt, von der Ausbildung bis zu meiner Pensionierung vor drei Jahren. Jetzt habe ich viel Zeit, aber wenig Ideen, was ich mit meiner Schaffenskraft noch bewirken kann. Nur Golfen und mit Rotariern dinieren ist doch etwas zu wenig."

„Entschuldige bitte", ich unterbreche seinen Redefluss, „in welcher Branche warst du tätig?" „Ach ja", antwortet er, „das habe ich ganz vergessen. In der Pharmabranche. Und weist du, wie meine Kollegen mich heute noch nennen?" „Keine Ahnung", antworte ich wahrheitsgemäß, „wie?" Wilhelm lacht laut: „Pillenfuzzi. Pillenfuzzi, weil es keinen anderen gab, der so viel von diesen Dingern in den Umlauf brachte wie ich." Ich strahle ihn an: „Da haben wir ja deine Meisterschafft. Wenn es keinen Besseren wie dich gab, dann gibt es keine Diskussion. Kompliment, das schaffen nicht Viele in ihrem Leben."

Wilhelm wirkt überrascht von meiner Schlussfolgerung. „So habe ich das bisher noch nie gesehen. Stem, ich bin dir zu tiefem Dank verpflichtet. Was darf ich uns bestellen? Einen schönen Rioja? Die haben hier einige leckere Tröpfchen in ihrer Schatzkammer. Bist du dabei?"

„Aber gerne Wilhelm. Das hört sich gut an. Ich habe das Gefühl, wir haben uns noch Einiges heute Abend zu erzählen." Kurze Zeit später verschwindet der Kellner in der Tür, die zum Keller führt.

„Jetzt weist du ja schon fast alles von mir," schmunzelt Wilhelm, „aber wie bist du zum Berater für äh", er macht eine kurze Pause, „geworden?" „Intrinsische Motivation", helfe ich ihm weiter, „vereinfacht gesagt, Führungskräften beibringen, wie sie ihre Mitarbeiter am wenigsten demotivieren." Mit dem letzten Wort lächle ich, wohlwissend was jetzt folgt. „Wie, am wenigsten demotivieren? Uns haben sie auf alle möglichen Seminare geschickt wie man andere am besten motiviert, und du sagst, wie man am wenigsten demotiviert? Das ist ja ein Hammer." Ich bleibe ganz ruhig: „Vielleicht ist das in deiner Branche anders, aber dort, wo ich bisher tätig war, habe ich immer wieder die gleichen Fehler bei den sogenannten Führungskräften festgestellt: Sie trauen ihren Mitarbeitern viel zu wenig zu, sie können keine vernünftigen Ziele setzen, sie sind ratlos, wie sie ihre Mitarbeiter wirklich fördern können und sie sind, zumindest im Unterbewusstsein, immer damit beschäftigt zu zeigen, dass sie alles doch selbst am besten können. Und was ist das Ergebnis: Die Manager schuften, sind irgendwann völlig überfordert, die Mitarbeiter sind demotiviert von dieser Art Führung, und die Ergebnisse sind nicht das, was sie eigentlich sein könnten. Das ist zumindest meine Erfahrung. Aber, vielleicht habt ihr das in eurem Unternehmen viel besser gemacht?"

Wilhelm streicht sich mit der Hand übers Kinn, Daumen und Zeigefinger der linken Hand bewegen sich in Richtung Nasenöffnung. Ich deute diese körpersprachliche Reaktion als Zeichen für ‚es stinkt mir', ich schließe meine Nase. Dann greift er nach seinem Glas, hebt es hoch und prostet mir zu: „Stem, jetzt hast du mich das zweite Mal heute Abend überrascht. So etwas. Ich finde, die Luft ist sehr trocken geworden. Oder was meinst du?"

Ich hebe mein Glas: „Viva Espania". „Viva Alemania", erwidert er, rückt mit seinem Oberkörper etwas nach vorne: „ Wenn ich dich richtig verstanden habe, dann haben wir bei uns ziemlich viel falsch gemacht." Ich wehre ab, „nicht direkt falsch gemacht. Aber andere Menschen motivieren, geht auf Dauer nur, wenn ich als Führungskraft Voraussetzungen dafür schaffe, dass die eigene Motivation, wir nennen es die intrinsische Motivation, sich entfalten kann. Menschen haben, nach meiner Erfahrung, immer dann genügend Motivation oder Energie, wenn Sie ein klares Ziel haben, das sie selbst erreichen wollen. Sie müssen allerdings daran glauben, dass es für sie auch wirklich erreichbar sein könnte. Kannst du zum Beispiel jemanden sagen, er muss einen Marathon laufen, wenn er nicht mal die Puste für fünf Kilometer hat? Anders ausgedrückt, einen Mitarbeiter überzeugen, dass er im nächsten Jahr zehn Prozent mehr Umsatz machen muss, wenn er im abgelaufenen Jahr sein Umsatzziel klar verfehlt hat? Das geht nicht, erst recht nicht mit „müssen', ‚tschaka, taschaka' oder glühenden Kohlen. Ich habe mich immer schon gewundert, für was alles Unternehmen Geld ausgeben, sehr viel Geld, wenn ihre Führungskräfte mit ihrem Latein am Ende sind. Aber es ist für die Herrschaften in der Führungsetage eben weitaus bequemer am Jahresende festzustellen, dass diese externen Trainer mal wieder nichts getaugt haben, anstatt zuzugeben, ich habe in meiner Art zu führen versagt. Fremdattribuierung hat noch nie etwas gebracht, da sie zu keinerlei Lernprozessen führt."

Ich muss mich jetzt einbremsen, da ich auf dem bestem Weg bin, ein längeres Lehrgespräch zu führen. Wilhelm schaut sich um und schmunzelt: „Sind wir die letzten hier? Ist es schon so spät?" Ich blicke auf meine Uhr und stelle zustimmend fest: „Auch andalusische Nächte können kurz sein."

Beim Verabschieden erfahre ich, dass Wilhelm schon länger unseren Birdie Club im Visier hat, allerdings bisher noch kein passendes Appartement angeboten wurde. Was nicht ist, kann ja noch werden. Inwieweit der „Spirit" zu unserer gegenseitigen Sympathie beigetragen hat, weiß ich nicht. Ist in diesem Fall aber auch nicht so wichtig.

Wilhelm, ich danke dir für einen gelungenen Abend.

Kapitel 26: Gesucht, gefunden

Ich habe bisher nur wenige Menschen kennen gelernt, die in einem Maße in sich ruhen und zu sich gefunden haben wie ihr Zwei. Euch kann kein Handy, kein Email, kein Internet durch den Tag treiben, man findet derartige Errungenschaften unserer Zeit gar nicht erst bei euch. Solche Sachen sind euch fremd, wozu denn auch. Dass es anders gehen kann – ihr seid das beste Beispiel dafür.

Persönliches Glück und Zufriedenheit kann man auf vielen Wegen gewinnen. Ihr habt von Anfang an eine unglaubliche Ruhe und Gelassenheit auf mich ausgestrahlt. Zu Beginn unserer Beziehung empfand ich das manchmal als Langatmigkeit, bis ich allmählich lernte, dass ihr euch eben für die wirklich wichtigen Dinge die notwendige Zeit nehmt.

Doch darf das keinesfalls so verstanden werden, als ob da keine Emotionen, kein Feuer mehr in euch brennen würde. Ganz in Gegenteil. Wenn ich an manche Abende bei eurem Lieblingsitaliener denke, muss ich immer wieder schmunzeln. Einmal über den männlichen Teil von Euch, bei dem plötzlich wie aus dem Nichts kommend der Jurist mit einem grandiosen Gedächtnis und spitzer Zunge auftaucht und Recht spricht. An guten Tagen gnadenlos. Der andere Teil ortet derweil mit den listigen Augen eines Luchses die Umgebung, mit dem Versuch den fokussierten Advokaten von einer finalen Rechtsprechung abzulenken. Und es ist immer wieder erstaunlich, wie gut das einer Hungerkünstlerin gelingt, die offensichtlich von Miniportionen leben kann. Zelebriert wird das Gelingen einer meist dann doch unvollendeten Rechtsprechung mit einem Brandy, der durchaus in angewärmten, großvolumigen Copas serviert werden darf.

Wie groß muss, darf eine Lammschulter sein? Mein Freund, du wirst diese Frage sicherlich anders als unsereins beantworten. Deine Gourmetsterne vergibst du sehr systematisch, typisch deutsch standardisiert, nicht französisch oder italienisch je nach Gusto: Nein, Maßstab ist ausschließlich die Güte des von dir stets medium georderten Rumsteaks. Ich bin mir sicher, jede Ratingagentur wäre froh, eine derart eingenordete Nulllinie ihr Eigen nennen zu können. Genial einfach und dazu noch praktisch. Im Grunde genommen untypisch für Juristen, die, wie man leicht an der Vielzahl deutscher Gesetze, Verordnungen und Ergänzungen zu den Ergänzungen erkennen kann, in der Regel eine ganz andere Vorgehensweise pflegen. Das zeichnet sicher auch deine Individualität aus.

Du, liebe Freundin, bist auf andere Art und Weise ein Unikat. Besonders wenn du nach einem schönen Abend zu dritt hinten im Fond sitzt, und dann nach bester Manier, quasi wie ein Knallbonbon, Liebeserklärungen an deine bessere Hälfte adressierst. Die kommen dann aus heiterem Himmel, so mir nichts dir nichts, aber uneingeschränkte Glaubwürdigkeit signalisierend. Wenn man auch im zweiten Lebensabschnitt noch solche ... ich gebe zu, mir fehlen im Moment die passenden Worte, dann sagt das mehr aus als alle Liebesschwüre dieser Welt. Meine Liebe, man muss dich einfach gerne haben, vor allem, nachdem du nun auch noch mit dem Rauchen abgeschlossen hast. In meinen Augen bist du jetzt auf dem direkten Weg zu meiner Galerie der liebenswürdigsten Menschen, die ich in meinem Leben kennen lernen durfte. Und, glaube mir, es waren wenige, die es bis dahin geschafft haben.

Die Ruhe, die Stille, die Gelassenheit, die ich in unserer Community empfinde, könnte ihren Ursprung bei euch da oben, direkt unter dem Sternenhimmel, haben. Kein Wunder bei dem majestätischen Blick beginnend von Malaga im Osten, über das Mittelmeer nach Ceuta, der spanischen Enklave in Afrika, weiter nach Gibraltar und Marbella bis hin zum „Centro Commercial", hinter dem im Frühsommer die Sonne verschwindet, und wo ihr euch regelmäßig mit den guten, leckeren Dingen dieser Region eindeckt.

Im Namen unseres „Spirits" wünsche ich euch noch viele Jahre gemeinsamen Glücks und hoffe, noch manchen schönen Abend mit euch verbringen zu können.

Danke für alles.

PS: Leider hat das Schicksal mittlerweile eine andere Entscheidung für einen Teil von Euch getroffen. Ich bin darüber sehr traurig und kann nicht verstehen warum. Vielleicht kommt irgendwann die Zeit, wo wir uns wieder treffen. Wenn nicht, möchte ich einfach dankbar für das sein, was uns in der Vergangenheit geschenkt wurde.

Kapitel 27: Maitre cuisinier

Gewisse Düfte können einem das Leben hier oben auf der Terrasse ganz schön schwer machen. Es sind nicht die Rauchschwaden des schwarzen Schafes unserer Community, schwarz natürlich nur bezogen auf die Farbe seines Schornsteines, nein, es sind anonyme Appetitbeschleuniger ungeheuren Ausmaßes. Die Ergebnisse harter Monate der Ernährungsumstellung von Kohlehydraten auf mehr Eiweiß werden so immer wieder auf den Prüfstand gestellt, kommen ab und zu ins Wanken. Dann entwickeln sich Szenarien, ausgehend von der Gaumenhöhle, breiten sich in Gehirnzentren aus, die für die Nahrungsanforderung vorgesehen sind. Das Ergebnis: Befehle werden vom Unterbewusstsein erteilt, ein ungleicher Kampf ist angezettelt, den die Ratio nicht gewinnen kann.

Es ist nicht fair. Das einfache Wörtchen „nein" ist nicht nur kompromisslos blockiert, es scheint aus dem Wortschatz komplett gestrichen zu sein. Stattdessen meldet sich nun eine für meine tiefsten Bedürfnisse verständnisvolle Stimme, mit „du darfst", „du hast es dir verdient", „du bist auch nur ein Mensch", die mich im Brustton der Überzeugung terrorisiert. Mein Herz beginnt zu springen, die Hormonwelt kommt in Bewegung, die Verdauung bringt sich vorsorglich in Gefechtsbereitschaft.

In diesen Momenten erkenne ich in mir mehr und mehr den nimmersatten Beagle, der andere beim Schlemmen beobachtet und nicht wahrnimmt, wie sich unter seiner triefenden Schnauze eine Pfütze bildet, die scheinbar das Potenzial zu einem größeren Wasserschaden hat.

Genau einen solchen gilt es zu vermeiden. Denn er könnte das Zusammenleben in unserer Community beeinflussen. Man hat ja Nachbarn in den unteren Stockwerken. Es wäre also diesbezüglich unverantwortlich, meinen ureigenen Bedürfnissen und Gefühlssignalen nicht zu folgen. Ergebnis ist letztendlich ein zwar schuldbewusster, aber unvermeidbarer Gang zum Kühlschrank, gelegentlich auch ein spontaner Besuch bei meinem Lieblingsspanier.

Als dieser mich nach meiner leichten Gewichtsreduzierung beim Betreten seines Tapaimperiums begrüßt, ist es aus mit lustig. Er scheint mich rein äußerlich ganz anders in Erinnerung zu haben und erschrickt zutiefst beim Anblick meiner Figur. Seine erste Frage: „Senior, wie sehen Sie nur aus? Was ist passiert? Unfall, Krankheit? Es tut mir ja so leid. Immer trifft es die Falschen. Maria, komm und schaue dir unseren Senior an. Maria, jetzt komm doch schon."

Ich stehe fassungslos an der Garderobe, spüre das Mitgefühl von knapp hundert Augen, die zielsicher auf mich gerichtet sind und weiß, jedes weitere Wort kann meine Situation nur verschlimmern. Zum Glück dirigiert mich der Patron in den hinteren Teil seines Lokals und platziert mich auf einem Stuhl, auf den ich psychisch ermattet niedersinke. Ich stiere vor mich hin, fühle mich krank und fertig. Erst nach einem ‚Hugo' erwachen die ersten Lebensgeister und bringen etwas Farbe in mein Gesicht. Die Welt wandelt sich von Novembergrau zu Aprilbraun, ich beginne wieder Leben zu fühlen, mein Erinnerungsvermögen meldet sich zurück.

Vor meinem inneren Auge erscheint die letzte Einladung meines geschätzten Nachbars, das exzellente Viergangmenu auf der Terrasse mit der raffinierten Spiegelverglasung. Ich danke meinem Schöpfer, dass ich diese verführerischen Düfte aus der Küche eines Meisterkochs wahrnehmen darf. Ich bin mir sicher, unser ‚Spirit' gibt ihm dafür sehr gerne einen weiteren Pluspunkt in seiner Community-Bonus-Akte.

Danke Dan, bucătar-șef.

Kapitel 28: Verzweiflung pur

Eine Frau wartet versteckt hinter einem mächtigen Baumstamm. Die Dunkelheit ist längst hereingebrochen, die Laternen spenden nur wenig Licht. „Mörder", durchzuckt immer wieder ihr Gehirn, „der hat nicht nur mein Kind vergiftet, er hat mir auch die anderen Kinder genommen. Er hat mein Leben zerstört. Allah will es so, ..."

Sie hört etwas rascheln, ihr Gesicht verspannt sich zur Maske. Sehnige Hände umfassen mit entschlossenem Griff einen Baseballschläger, den potenziellen Totschläger. Sie ist zum Äußersten bereit, als kurz vor ihr ein kleinwüchsiger Mann abrupt stehen bleibt. Opfer? Täter? Zwei Kreaturen, getrennt nur noch durch einen Baum. Es scheint kein Zurück zu geben. Der kleine Mann beginnt zu fluchen: „Verdammtes Weib, mit dem ganzen Gesinde ...", als der Schatten des Totschlägers langsam aus dem Schutz des Baum hervortritt. Eine Taube schreckt auf, fliegt davon. Der kleine Mann springt zur Seite, rennt wie ein Wahnsinniger in Richtung gegenüberliegende Straßenseite. Ein fürchterliches Gekreische und Schreien stört die Abendstille. Es ist wie bei einem Ping-Pong-Spiel, bei dem keiner dem anderen etwas schuldig bleibt. Der Baseballschläger bewegt sich bedrohlich auf den kleinen Mann zu, der brüllend das Weite sucht. Fenster öffnen sich, Silhouetten von Körpern sind zu erkennen. „Mörder, du Mörder" kreischt eine Verzweifelte, „haltet die Irre", brüllt der kleine Mann. Immer mehr Licht erhellt die umstehenden Häuser und Wohnungen. Es scheint nur noch eine Frage von Sekunden zu sein.

Sirenengeheul rückt näher, erst warnend, dann immer bedrohlicher werdend. Die Gaffer in den Fenstern ziehen sich einer nach dem anderen wieder in ihre Anonymität zurück. Lichter gehen aus, trügerische Normalität kehrt ein. Reifen quietschen, mehrere Beamte stürzen aus ihren Karossen, sichern den vermeintlichen Tatort ab. Scheinwerfer erhellen die Zufahrt bis zur Tiefgarage. Nichts bewegt sich mehr. Der Baseballschläger ist verschwunden, genauso wie der kleine Mann. Kaum ein Lichtschein ist in den Fenstern zu sehen. Ruhe herrscht über den Kaminen.

Eine halbe Stunde später fahren die beiden Fahrzeuge weiter, um nach wenigen Minuten wieder zurück zu kehren. Sie kommen fast lautlos mit Standlicht angerollt, überqueren die Geschwindigkeitskiller und verschwinden in Richtung Playa. Unbeeindruckt von allem Geschehen plätschert das Meer in dem ihm eigenen Rhythmus.

Ein Kommissar öffnet seinen Hemdkragen, lässt sich in seinen versifften Schreibtischsessel fallen und flucht vor sich hin: „Muss das jetzt und bei dieser Hitze passieren? Warum in meinem Revier? Immer bekomme ich diese mysteriösen Fälle. Was habe ich nur verbrochen?"

Er kratzt sich länger als sonst an seinem Kopf. Weitere Gedankenfetzen schwirren durch seinen Kopf: „Wer könnte ein Motiv haben? Wer hat uns alarmiert? Diese verfluchten Telefone. Weg mit den Dingern. Was nützt mir das Wissen um den Standort? Nichts. Gar nichts."

Der Kommissar versucht sich zu konzentrieren und resümiert: „Wir haben von einer toten Katze gehört, die so eine Art Kindersatz für die vermummte Frau gewesen sein soll. Ihre erwachsenen Kinder sind in den letzten Tagen ausgezogen. Warum? Und ihre Nachbarn? Der eine scheint keine Tiere zu mögen. Das wird von einigen, aber nicht allen so gesehen. Sicher ist, dass seit langem Streit zwischen den beiden herrscht. Die Frau schweigt immer noch in ihrer Trauer, redet nur mit Allah. Der Nachbar, ehemals Manager im Pharmabereich, dürfte sich mit Giften auskennen, vielleicht auch nicht. Eine Katze soll vergiftet worden sein. Nachzuweisen ist das nicht, da auch sie verschwunden ist. Wer ließ sie verschwinden? Gibt oder gab es überhaupt diese Katze? Es ist zum Kotzen, nur Vermutungen, keine handfesten Beweise. Und wie immer, keiner hat was Konkretes gesehen."

Als ich von dieser merkwürdigen Geschichte zum ersten Mal höre, signalisiert mir mein Gefühl, dass es wohl ein Geheimnis bleiben wird, was in dieser Nacht tatsächlich geschah. Und je mehr Leute darüber reden, umso skurriler werden die Schilderungen. Worüber ich mir allerdings sicher bin ist, dass unserem ‚Spirit' hier nichts entgeht.

Ich bin froh, dass ich nur ein kleines Menschlein auf diesem Planeten bin, das niemals mit den Herausforderungen eines Kommissars konfrontiert werden wird. Andererseits, ich gebe es zu, ich würde schon gerne wissen, wie sich das Ganze tatsächlich abgespielt hat. Vielleicht erfahre ich es ja doch einmal. Auf jeden Fall danke ich den hiesigen Polizeiorganen für mein Gefühl der Sicherheit, das diese mir dank ihrer permanenten Präsenz geben.

Danke Policia Local.

Kapitel 29: BSE und mehr

Ich chille auf meiner Relaxliege, genieße die Abendsonne und träume laut vor mich hin: Ich bin beauftragt worden, die Primera Banca Del Clientes, aus dem Sumpf zu retten. Und das mit einem Management, das in seiner Grundeinstellung noch tief im Obrigkeitsdenken verhaftet ist. Dass der ‚Patron' unantastbar und unfehlbar ist, kann auch bei uns in Alemania noch vorkommen. Dynastien brauchen eben eine längere Zeit, bis sie sich endlich überflüssig machen, sei es durch Misswirtschaft, Suff oder Inzucht. Allerdings kann man sich hier auf der iberischen Halbinsel noch wenigstens auf den Mann auf der Kanzel verlassen. Der droht zwar unentwegt Sonntag für Sonntag schwerwiegende Maßnahmen für Missetaten an, zeigt sich dann aber doch wieder schnell versöhnlich, wenn der Klingelbeutel sich füllt. Der Fortschritt zeigt sich aber auch hier, da Münzen und sonstiges Kleingeld nicht gern gesehen werden, Scheine dagegen, in beliebiger Größenordnung und ohne weitere Sichtprüfung akzeptiert werden. Mit Kreditkarten ist es derzeit noch so eine Sache.

Ich drehe meinen Kopf etwas nach links als mich urplötzlich ein genialer Verbesserungsvorschlag für Kirchenhäuser überkommt: Die Einführung eines bargeldlosen Sünderentlastungssystems, BSE genannt. Wenn es gelänge, die Dynamik eines natürlichen Virus zu implementieren, hätte BSE durchaus das Potenzial zu einem nachhaltigen Segen für den Klerus. Die Umsetzung könnte allerdings an einem tragfähigen Konsens über den Modus der Datenerfassung scheitern. Am besten wäre eine automatisierte Iriserkennung, da dann auch kurze Wege ins gesamte Sündenregister genutzt werden könnten. Ich erkenne im Traum eine grinsende Fratze, die schelmisch neuartige Lösungsansätze verkündet.

Dann lässt das Hier und Jetzt grüßen. „Wenn du es eilig hast, gehe langsam", habe ich kürzlich gelesen. Ich bin mir nicht ganz sicher, ob das ein brauchbarer Rat sein könnte. Doch zunächst gilt es, einem ganz und gar irdischen Bedürfnis nachzugeben: Ich habe Hunger.

Kurze Zeit später sitze ich in meiner Lieblingsstrandkneipe bei einem schönen Glas Rioja als Abrundung einer kleinen Eiweißbombe: Erst eine Platte gemischtes Gemüse, dann ein gegrillter Calamari und zum Abschluss Scampi mit Zitrone. „Einfach köstlich", schwärme ich, „rechts im Westen die Sonne kurz vor dem Untergang ins Meer, direkt vor mir ein sanfter Wellengang, der einen Gedanken erst anspült, um ihn sodann wieder mit hinauszunehmen, links die Vorboten der einbrechenden Nacht, ein Kommen und Gehen, genau wie im richtigen Leben."

In dieser Atmosphäre kann ich mich sehr gut fallen lassen, alles vergessen, was belastet und durch meine Gehirnwindungen rast. Ich schaue auf das Meer hinaus und lasse mich von dem Rhythmus der Wellen treiben.

Der Inhaber des Chiringuito kennt meine Vorliebe und versucht, Störungen jedweder Art von mir fernzuhalten. Das ist in einem beliebten Strandlokal, in dem halb Europa sich trifft, alles andere als einfach. Nur mittwochs und freitags dominiert hier die andalusische Lebensart, gepaart mit italienischen Kochkünsten und gitanesken Gitarrenklängen. Das sind die Momente, in denen ich Vitalität wie in jungen Jahre spüre. Ein Gefühl, das mir im Laufe der vergangenen Jahre etwas abhanden gekommen ist. Das Gute ist, dass ein kleiner Funke noch da zu sein scheint. Eine der Lektionen meines Lebens ist, dass es immer Hoffnung gibt, sofern ein Nerv noch reagiert, also nicht ganz taub ist. Der Rest ist dann Training, gezieltes Training und noch mal Training. Und wenn es gelegentlich nicht schnell genug mit dem Muskelaufbau oder der Erhöhung der Beweglichkeit geht, eines hilft immer: Nie aufgeben, trainieren, trainieren, trainieren, wenn es sein muss, bis zum Abwinken. Den Gedanken an diese Quälerei empfinde ich als das totale Kontrastprogramm zu der Leichtigkeit des Wellengangs hier am Strand. Aber so gegensätzlich ist nun mal das Leben: Tag und Nacht, Liebe und Hass, Gesundheit und Krankheit, Leben und Sterben.

Besonders beeindrucken mich Flamencoklänge, die Leidenschaft zum Ausdruck bringen. Leidenschaft scheint überhaupt der Schlüssel zur wahren Meisterschaft zu sein, unabhängig von der Disziplin, ob beim Sport, im Beruf, der Malerei, der Musik oder des Theaters. Wer nicht in der Lage ist, Leidenschaft für das Erreichen seines Ziels, seiner Vision zu entwickeln, ist früher oder später zum Scheitern verurteilt. Wahrscheinlich ist es auch ein Naturgesetz, dass Leidenschaft im wahrsten Sinne des Wortes „Leiden schafft", sei es durch gesundheitliche Rückschläge, unerwartete Infekte, Ermüdungserscheinungen oder andere Unpässlichkeiten: „Kurzum, wer Träume realisieren möchte, muss dafür etwas tun. Vergiss Talent oder passende Gene, beweg dich aus deiner Komfortzone heraus und setz dich engagiert für deine Sache ein. Dann stellt sich irgendwann der angestrebte Erfolg einstellen, unabhängig davon, ob du ein Jahr, drei oder fünf Jahre dafür brauchst. „Do it" oder „Yes, you can", das Wording ist nicht entscheidend.

Die laue Brise hat sich mittlerweile gelegt. Die Sonne ist untergegangen, der Mond hat die Beleuchtung übernommen. Das sanfte Rauschen der Wellen in dieser sternenklaren Nacht bietet eine kaum zu übertreffende Hintergrundmusik.

Ich danke meinem ‚Spirit' für dieses Paradies.

Kapitel 30: Dank

Mein Jugendtraum ist auf den Weg gebracht worden:

Es sollte dauern, gar einige Jahrzehnte,
bis der Traum erwachte, ich mich so danach sehnte.
Mit Blick übers Meer und Afrika vor der Tür,
Torre Real ist der Fleck, das Heute ist hier.

Ein Turm mit Aufzug führt nun zum Quartier,
die Unendlichkeit nah, direkt hinter der Tür.
In der Nacht funkeln Sterne, kann glauben es kaum,
es ist geschehen, ich lebe meinen Traum.

Danke allen,

die ich hier kennenlernen durfte, die mir geholfen haben, diese Geschichten zu schreiben. Eine wunderbare Kooperation. Zu guter Letzt soll nicht unerwähnt bleiben, dass in unser Community der Humor bei unserem ‚Spirit' eine große Rolle spielt. Was heißt übrigens Kooperation?
  „Huhn und Schwein gehen eine Kooperation ein. Der Name ist: ‚Egg & Bacon'. Das Huhn ist der Verkäufer, kommt zurück. Hat ein Dutzend Eier und 10 kg Bacon verkauft. Nun produzieren wir, sagt das Huhn!!!

In diesem Sinne

Stem Paulson